超越极限
丈量珠峰纪实

Beyond the Limits
A Record of Measuring the Altitude of Mount Qomolangma

赵宏林　池建新　主编
丁　林　审定

中国科学技术出版社
· 北 京 ·

图书在版编目（CIP）数据

超越极限：丈量珠峰纪实 / 赵宏林, 池建新主编 . -- 北京：中国科学技术出版社, 2023.6
ISBN 978-7-5236-0166-2

Ⅰ. ①超… Ⅱ. ①赵… ②池… Ⅲ. ①纪实文学—中国—现代②珠穆朗玛峰—高程测量—概况— 2020 Ⅳ. ① I25 ② P942.750.76

中国国家版本馆 CIP 数据核字 (2023) 第 066204 号

策划编辑	徐世新
责任编辑	向仁军
封面设计	锋尚设计
正文排版	玉兰图书设计
责任校对	张晓莉
责任印制	李晓霖

出　　版	中国科学技术出版社
发　　行	中国科学技术出版社有限公司发行部
地　　址	北京市海淀区中关村南大街 16 号
邮　　编	100081
发行电话	010-62173865
传　　真	010-62173081
网　　址	http://www.cspbooks.com.cn

开　　本	889mm×1194mm　1/16
字　　数	221 千字
印　　张	15.5
版　　次	2023 年 6 月第 1 版
印　　次	2023 年 6 月第 1 次印刷
印　　刷	北京瑞禾彩色印刷有限公司
书　　号	ISBN 978-7-5236-0166-2/P・233
定　　价	188.00 元

（凡购买本社图书，如有缺页、倒页、脱页者，本社发行部负责调换）

丈量世界第一高峰

喜马拉雅，藏语意为"冰雪之乡"。喜马拉雅山脉由多条大致平行的支脉组成，它是世界最高大的山脉，也是最年轻的山脉之一，位于青藏高原南缘，分布在中国西藏、印度、巴基斯坦、尼泊尔和不丹境内。喜马拉雅山脉全长约2500千米，宽150~400千米，总面积约为594400平方千米，其中海拔超过7000米的高峰就有50多座。地处中国和尼泊尔边界上、大喜马拉雅山脉的主峰——珠穆朗玛峰，是世界第一高峰。

喜马拉雅山脉

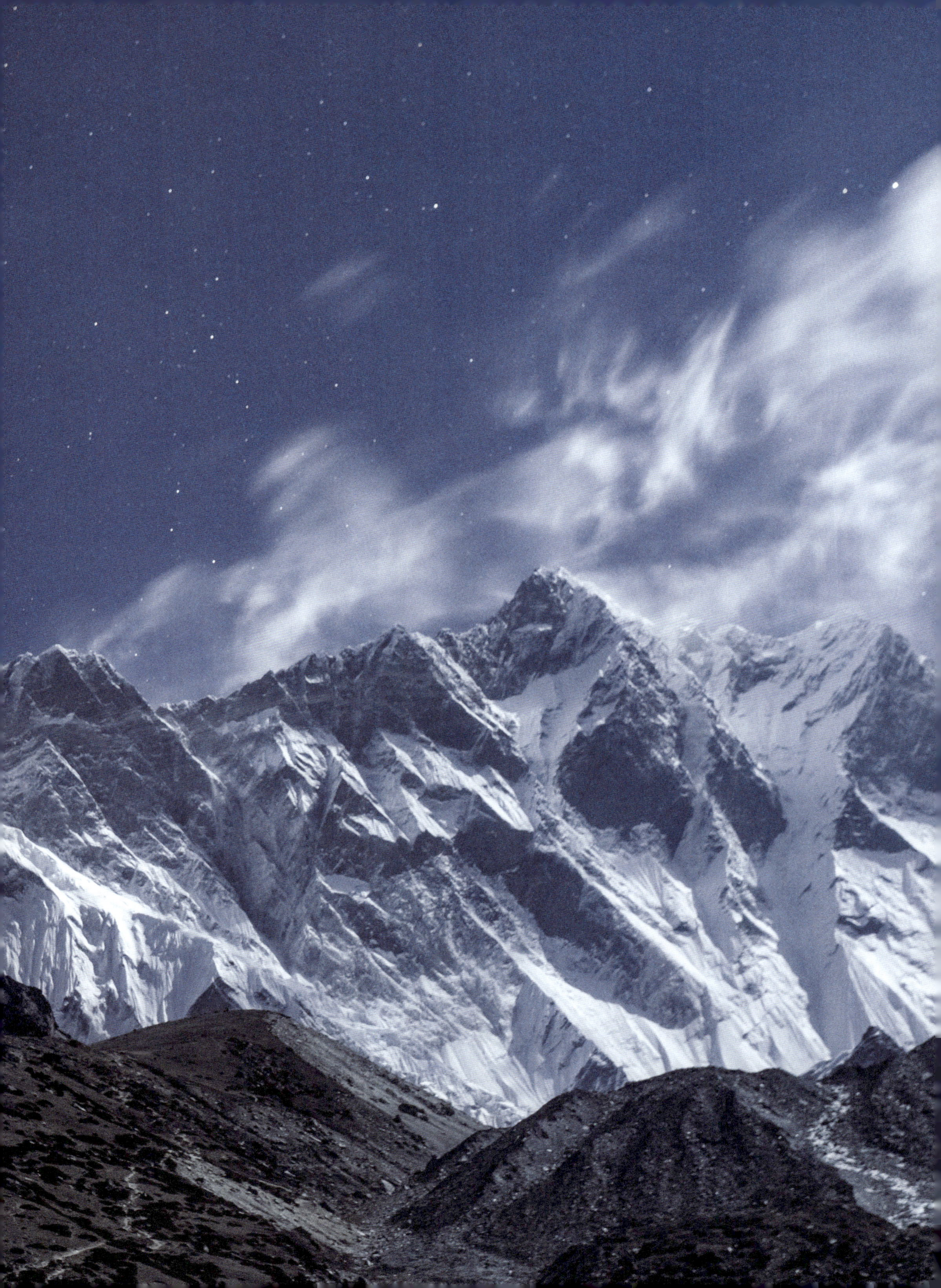

珠穆朗玛峰

珠穆朗玛，藏语意为"女神""大地之母"。珠穆朗玛峰，简称珠峰，是喜马拉雅山脉的主峰，也是世界第一高峰，有地球"第三级"之誉。珠穆朗玛峰大体呈东西走向，峰体宽大，有西北、东北和东南3个走向的刃脊，是一座巨型金字塔状的大角峰。

赵宏林

影视节目策划人、纪录片导演。中央新影集团发现纪实传媒有限公司项目负责人。

多次前往青藏，拍摄了《大河源》《极限火车》《天地唐卡》等多部影片，出版纪录片同名图书《帝都泱泱》。

2020年，带领纪录片团队全程跟踪拍摄了中国最新珠峰高程测量活动，担任总导演，创作出品了《登峰》《珠穆朗玛》两部纪录片，获得国内外多项大奖。

曾获得中美电影电视节金天使奖、国家广电总局创作与扶持年度最佳长片、中国纪录片十佳十优作品、中国纪录片学院奖、中国科协中国龙奖等各种奖项20多项。

池建新

著名纪录片制作人。中央新影集团副总经理，发现纪实传媒有限公司董事长兼总经理。中国电影家协会理事，首都纪录片发展协会科学纪录片专委会秘书长。中国传媒大学客座教授。

编撰了大型系列图书《中国电影百年精选》，出版了著作《频道先锋——电视频道运营攻略》。

代表作包括《手术两百年》《中国手作》《留法岁月》《人参》等大型纪录片；创建央视《百科探秘》《创新无限》《文明密码》《考古拼图》《第N个空间》《创业英雄》等栏目，担任制片人。

带领的团队获得金鸡奖、百花奖、星花奖、中国纪录片十佳十优、纪录中国、中国纪录片学院奖、中国广播电视协会颁发奖项等各类奖100多项。

科影发现系列丛书总编委会

主　　　任：张　力　池建新

副 主 任：余立军　佟　烨　刘　未　金　霞　鲍永红

委　　　员：周莉芬　李金玮　任　超　陈子隽　林毓佳

本书编委会

主　　　编：赵宏林　池建新

副 主 编（执行主编）：周莉芬

成　　　员：杜亚楠　石舜禹　刘　霞　卜亚琳

　　　　　　林毓佳　樊　川　赵显婷　郭海娜

　　　　　　宗明明　郭　艳　孙艳秋

版式设计：赵　景　赵婧涵

图片来源：北京发现纪实传媒纪录片素材库

　　　　　图虫网　123图片库

序

勇攀珠峰之巅

  珠峰高程测量的核心是精确测定珠峰高度，这同时也是一项代表国家测绘科技发展水平的综合性测绘工程。不同时期以不同方式测量珠峰，以及对珠峰高程的多次测量，反映了人类对自然的求知探索精神，已成为人类了解和认识地球的一个重要标志。

  中华人民共和国自成立以来，先后对珠峰进行多次测量，每次珠峰测量，都体现了中国测绘技术的不断进步，彰显了中国测绘技术的最高水平。

  1960 年 5 月 25 日，中国登山队首次从北坡登上珠穆朗玛峰顶，鲜艳的五星红旗飘扬在地球最高处。

  1975 年 5 月 27 日，中国测量登山队员成功登顶珠峰，并首次精确测得珠峰高程为 8848.13 米。

  2020 年 5 月 27 日，45 年后的同一天，中国测量登山队员再次登顶珠峰，并对珠峰进行精确高程测量。

  2020 这次珠峰高程测量，经历了艰难的登顶测量过程：在经过两次冲顶、两次下撤的不利情况下，全体队员顶住压力第三次向峰顶发起冲锋，最终成功将测量觇标竖立在珠峰之巅，向世界展示了中国高度和中国力量！也充分展现了为国测绘、为国攀登、不屈不挠的精神和"爱国、奋斗、奉献"的优秀品质！

  在攀登最艰难的时刻，全体队员始终保持信心，这种信心来源于坚决完成党和国家交给的重大任务的顽强拼搏精神，来源于一批为国勇于奉献的队员，来源于各方面的大力支持和协助！

在这个重大任务中，全体队员充分展现了团结和协作精神，修路组、运输组、交会组、外围测量组以及后勤保障人员等，他们都是后方默默奉献的英雄，每个人都是这次任务完成过程中必不可少的勇士。

珠峰是世界最高峰，在珠峰高程测量中，每一名队员都是攀登者。

登顶珠峰，并不意味着人类战胜了自然，而是人们在生命极限中的自我突破。在攀登过程中，测绘人展现出了一往无前的英雄气概和无惧挑战、百折不挠、勇攀高峰的科学精神。珠峰测量不会因此而结束，相反随着科技的进步，中国测绘人还将继续攀登地球最高峰，用中国科技力量更精准描绘珠峰高度。

时代需要攀登者，更需要攀登精神。在实现伟大"中国梦"的今天，希望我们每个人都做一名不断拼搏的攀登者！

国测一大队队长 李国鹏

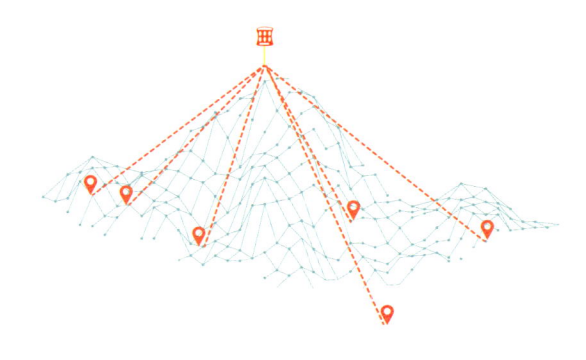

引言

为世界第一峰量身高

亿万年前，两大地球板块相撞，印度洋板块冲到了亚欧板块下面，在中国西部边陲抬升起了世界上最高的一道褶皱——喜马拉雅山脉。

神秘的喜马拉雅地区，地球上高峰最密集的地方，平均海拔多在6000米以上。众多巍然耸立的高峰携手并立，形成了一条宽二三百千米、长两千多千米的山系。

它们大体上呈西北向东南的弧形分布，从印度河上游南侧一直延伸到巴基斯坦、尼泊尔、不丹和中国等国的境内。世界第一高峰珠穆朗玛峰就坐落在这条山脉的中部。

珠穆朗玛峰是喜马拉雅山脉中的主峰，位于中国西藏自治区与尼泊尔交界处，是一条近东西向的弧形山系。作为世界第一高峰，雄踞在青藏高原的珠穆朗玛峰从被发现的第一天起，就一直吸引着全世界的目光。

征服它、测量它的高度，成了全世界所有国家都在关注的重要事件。

迄今为止，世界上已有近4500人完成过珠穆朗玛峰攀登。

从1975年起，世界上许多国家开始关注珠穆朗玛峰高度，并陆续对珠穆朗玛峰进行过几十次测量，而每次测量的结果各不相同。

珠穆朗玛峰北坡和顶峰都位于中国境内，自然地，作为一个主权国家，中国有责任、有权利，更有义务，对珠穆朗玛峰高程进行科学测量，并向全世界发布珠穆朗玛峰最科学的高度。

这不仅是中国科学技术水平和综合国力的体现，同时也是中国测绘技术的新挑战和新尝试。

因此，从1956年中国第一支登山队成立开始，中国科学院西藏科考队也应运而生，并在被称为"生命禁区"的喜马拉雅山地区建立起了一套完整的科学测绘体系，中国人关于珠穆朗玛峰高程的测量和计算工作由此展开。

1975年，中国利用传统测量方法首次精确测定并公布珠穆朗玛峰高程。

2005年，中国利用全球卫星导航系统，成功测得珠穆朗玛峰岩层高度和峰顶冰雪厚度。

2020年，中国测绘人员再次登顶珠穆朗玛峰，依托北斗卫星导航系统，运用航空重力测量技术，提升测量精度，测得珠穆朗玛峰最新高程。

45年时间里，珠穆朗玛峰的高程数据越测越准，从8848.13米，到8844.43米，再到8848.86米，人们对珠穆朗玛峰的了解也越来越多。在这个过程中，变的是中国测绘人精益求精的测量精度和日新月异的科学测绘技术，不变的是人类认识和探索大自然的坚韧与勇气，以及中国测绘人不畏艰险、勇攀高峰、追求精准的科学精神。

山就在那里，只要往上攀，总能登顶。

困难就在那里，只要勇于挑战，总能克服。

哪怕有再多困难，未来的中国登山队和测绘队，还将会向珠穆朗玛峰进发，在珠穆朗玛峰大本营集结，不定期为世界第一峰珠穆朗玛峰量量身高。

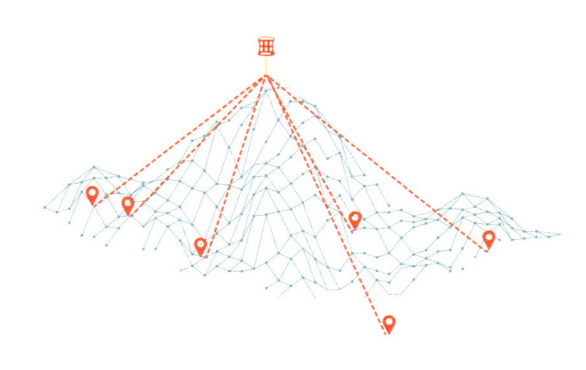

目录

序——勇攀珠峰之巅	X
引言——为世界第一峰量身高	XII
第一章 勇攀世界第一高峰（1965）	**001**
300年前记载珠穆朗玛峰的地图	002
珠穆朗玛峰测量的科学意义	006
中国第一支登山队成立（1956）	014
苏联单方面撕毁协定（1959）	020
中国人北坡登顶珠穆朗玛峰（1960）	024
目标：精确测量珠穆朗玛峰（1965）	026
生命禁区建起测绘体系（1966）	034
第二章 集结珠穆朗玛峰大本营（1972）	**041**
再登珠穆朗玛峰计划发起	042
层层筛选高测队员	046
紧锣密鼓做登峰准备	050
珠峰脚下营建帐篷城	053
尘封40多年的珍贵档案	056
5400米处建指挥所	065
艰难的后勤保障工作	069
6490米处气象监测	072
第三章 8848.13之谜（1975）	**079**
"第一道天险"脚下——7028米	080
测绘新高度——7050米	085
冲击峰顶首战失败——8600米	090
跨越"第二台阶"——8700米	096
珠穆朗玛峰之巅竖觇标——8848米	102
确定珠穆朗玛峰高程——8848.13米	106

第四章 决定重测最高峰（2005）   109

    珠穆朗玛峰复测动因（2005）   111
    复测珠穆朗玛峰队员选拔   115
    两个月高强度体能训练   121
    测量装备新鲜出炉   125
    为挺进西藏做基础数据采集   128
    藏北无人区的生死测量   133

第五章 解密新高度（2005）   137

    青藏高原的下马威   138
    寻找西绒布交会点   142
    7750 米的重力测量   148
    成功登顶   153
    峰顶竖觇标   157
    珠穆朗玛峰测量数据公布   160

第六章 登峰前的准备（2020）   163

    登峰前有条不紊的准备工作   164
    180 多天徒步得来基础海拔数据   168
    传统测量法与现代卫星测量技术结合   172
    珠穆朗玛峰高度从哪里算起   178

第七章 登峰先遣大队（2020）   185

    大本营出发——5200 米   187
    魔鬼营地适应性训练——6500 米   191
    遭遇流雪，登峰受阻——6800 米   194
    真正的挑战才刚开始——7028 米   198
    交会测量小组时刻准备着   203

第八章 新高度新征程（2020）   205

    再次出征   207
    阻断登山路的罕见大雪   209
    艰难的决定   214
    突击修路组顺利登顶   220
    珠穆朗玛峰新高程——8848.86 米（2020）   225

中国测量珠峰时间线   229

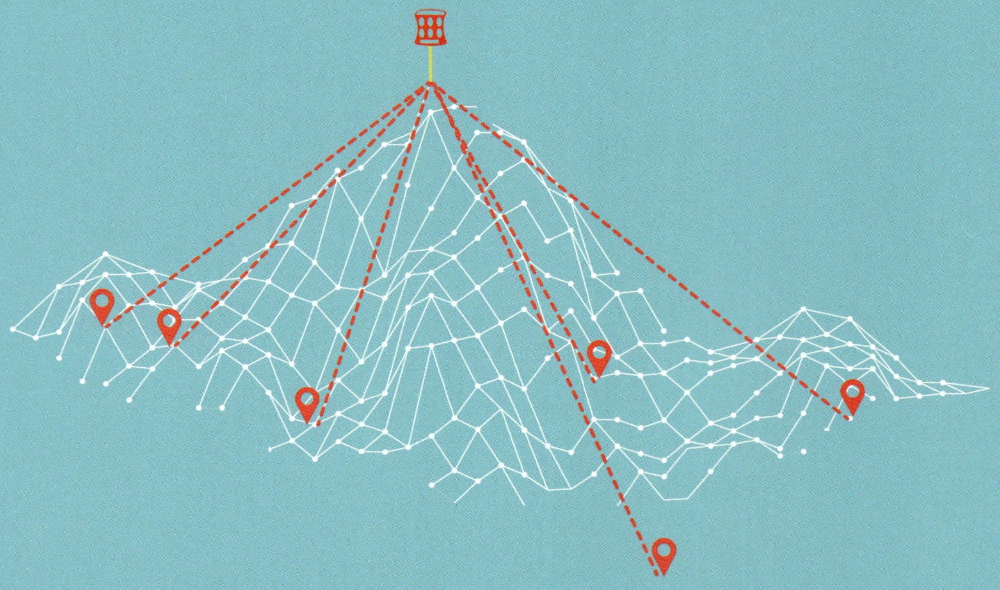

第一章
勇攀世界第一高峰
（1965）

　　世界第一高峰珠穆朗玛峰，从被发现的第一天起，就一直吸引着全世界的目光。征服它和测量它的高度，成了全世界所有国家都在关注的重要事件。

　　1960年，中国三位勇士克服重重困难，成功从北坡登顶珠穆朗玛峰，完成人类首次北坡登顶珠穆朗玛峰的壮举。

　　1965年，中国科学院西藏科考队应运而生，在被称为"生命禁区"的喜马拉雅山地区建立起了一套完整的科学测绘体系，为此后中国对珠穆朗玛峰进行精确测量做足了准备。

珠峰

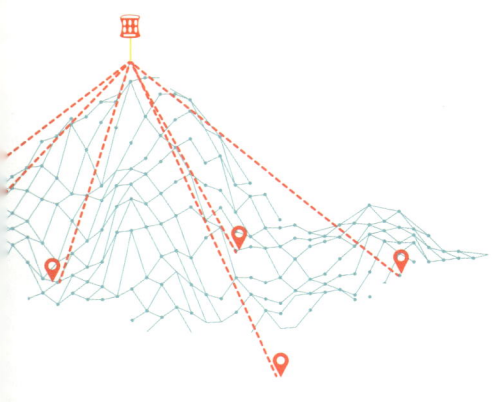

300年前记载珠穆朗玛峰的地图

在人类科技史上，发现和记录地理信息推动了文明的进步。不过，由于珠穆朗玛峰地处偏远，环境恶劣，直到距今300多年前，世界上才有了第一幅标注珠穆朗玛峰的地图。

因为文物保护的原因，今天已经难以见到最古老的原版地图。不过，在国家典籍博物馆，工作人员提供了一项证据，就是这幅于1943年由德国的福克司（Walter Fuchs）在北京辅仁大学再版发行的地图，也是世界首次标注珠穆朗玛峰的地图——《康熙皇舆全览图》。

《康熙皇舆全览图》初次刊印于1717年，两年后增补了西藏地区图。在中国和尼泊尔两国边境交界处清晰地印有六个字——朱母朗马阿林。朱母朗马是藏语的音译，意思是大地之母；而阿林来源于满族语言，含义是大山。

不过，300多年前的《康熙皇舆全览图》并没有标注珠穆朗玛峰的高度。

直到19世纪中叶，英属印度测量局用大地三角测量法测绘喜马拉雅山脉时才第一次发现，原来珠穆朗玛是世界第一高峰。

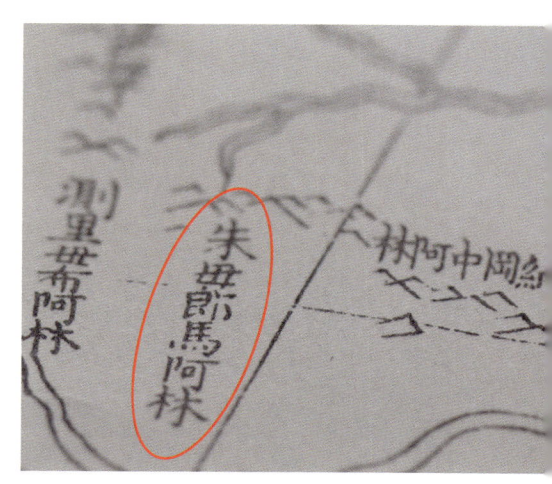

地图上清晰印有"朱母朗马阿林"

这是历史上第一次用大地测量技术测量珠穆朗玛峰的高度，因此西方人就用当时英属测量局局长的名字来命名珠穆朗玛峰，叫作"额菲尔士峰"。

从那以后，世界各国对珠穆朗玛峰的称呼，都开始使用这个名字。甚至在中华人民共和国建立初期，中国编撰的地志舆图，也一直使用这个名称。世人都认为英国人发现、命名了世界最高峰。但是，乔治·额菲尔士既不是珠穆朗玛峰的发现者，也没有到达过珠穆朗玛峰。

再说，中国的领土，岂能用外国人的名字命名。1951年，中国学者提出，应该为珠穆朗玛峰正名。

大地三角测量

　　大地三角测量是指在地面上布设一系列连续三角形，采取测角方式测定各三角形顶点水平位置的方法。它是几何大地测量学中建立国家大地网和工程测量控制网的基本方法之一。

日照金山

　　1952年5月8日，中央人民政府内务部和出版总署发出的联合通报，正式将英国人命名的"额菲尔士峰"，正名为"珠穆朗玛峰"。

乔治·额菲尔士

005

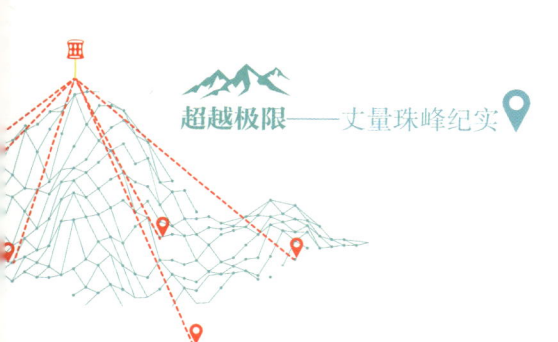

珠穆朗玛峰测量的科学意义

1856年，英国人对外公布了他们测量的珠穆朗玛峰高度8840米；比曾经认为的世界第一高峰干城章嘉峰高出了258米。这无疑是一项极其重要的地理大发现。

不过，尽管他们获得的数字与人们后来的测量差距不大，但是，在今天的测绘学家们看来这更多的是一种巧合。

因为毕竟当时的测量仪器精度有限，而且由于尼泊尔王国担心英国殖民者的入侵，拒绝英国人入境，测绘人员距离珠穆朗玛峰最近的一个测量点也有174千米，距离珠穆朗玛峰非常远，精度也很低。

一直到1922年，英属印度测量局再次进行珠穆朗玛峰测量，两次的测量结果差了15米。

追求精度是人类对科学的一种态度，它也推动了近现代文明的发展。孜孜以求掌握珠穆朗玛的精确高度也不例外，事实上还有着极为现实的意义。

1856年测量发现珠峰为世界第一高峰

日照珠峰

4亿年前，珠穆朗玛峰所在地区其实是一片海洋。地质学家们依据地球板块构造学说认为那时地球上只有两块连接在一起的古大陆，北半球称为劳亚古陆，南半球叫作冈瓦纳古陆。

在距今2亿5000万年前左右时，地球进入了一个活跃时期，地壳和火山运动形成的巨大的构造力让古大陆开始分裂。印度洋板块在距今8000万年前从冈瓦纳古陆分离，它一路向北迁移3000多万年，最终在亚洲边界撞上了亚欧大陆。

山体上的岩层褶皱证实了这一地质事件的发生，它造就了地球上最年轻的山脉——喜马拉雅山脉和最年轻的第一高峰——珠穆朗玛峰。而且，地质学家们发现，印度洋板块和亚欧板块的相撞持续了5000万年，直到今天还在继续。

珠峰

印度洋板块向北迁移

印度洋板块撞上亚欧大陆

四亿年前的地球古大陆

地球板块构造说

　　板块构造说是一种全球构造学说，认为板块是岩石圈的构造单元，全球共分6大板块，板块间的边界是洋中脊、转换断层、俯冲带和碰撞带所在。由于地幔对流，板块就会在洋中脊分离扩张，在俯冲带俯冲消减。

从漫长的地质演变史来看，珠穆朗玛峰就像一个未成年人，仍然以平均每年 4 毫米的速度生长着，因此也自然要不断测量它的身高。

全世界地球科学研究者都认为珠穆朗玛峰高度是一个指示器。

科学家们甚至观测发现，在仅仅过去的 20 年时间里，由于地球板块的移动，珠穆朗玛峰就向东北方向位移 30 多厘米。而且，一旦发生剧烈运动，珠穆朗玛峰的位移速度更快。2015 年 4 月 25 日的尼泊尔王国加德满都大地震，就使巨大的珠穆朗玛峰向西北方向挪动了 13 厘米。

正是因为板块碰撞、地壳运动和地震密切关联，所以研究地震就少不了研究板块和地壳，自然而然，珠穆朗玛峰就成了地震研究的一个天然试验场。

珠穆朗玛峰测量，还能为进一步研究如何保护好这片土地和生灵奠定基础。

持续了 5000 万年的地球板块相撞抬升起了珠穆朗玛峰，也挤压出了深深的地球褶皱。

两个版块相撞挤压出喜马拉雅山脉　　山体上的岩层褶皱

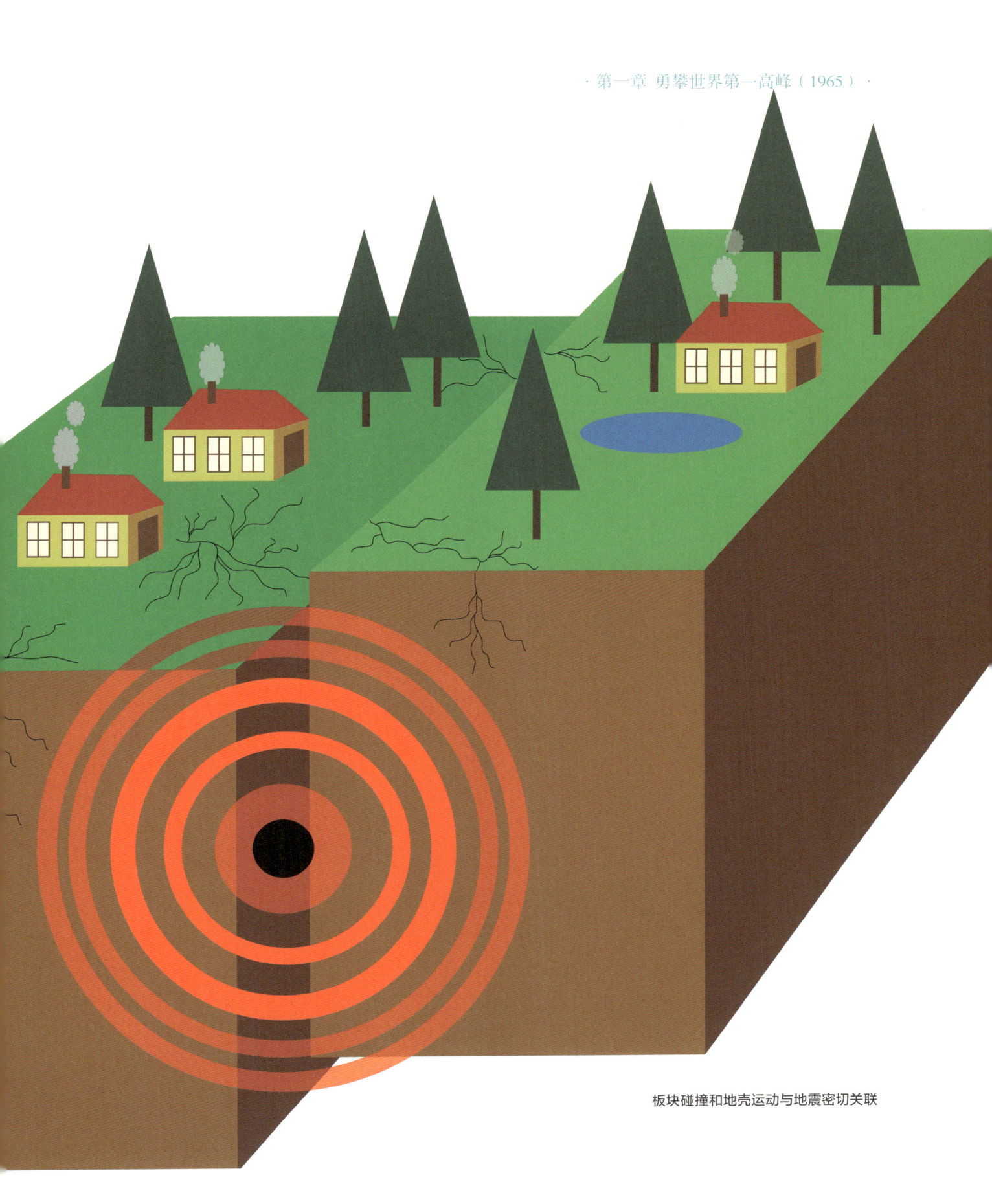

第一章 勇攀世界第一高峰（1965）

板块碰撞和地壳运动与地震密切关联

喜马拉雅山脉从山脚到山顶四季分明

真实的珠穆朗玛峰地区是世界上独一无二的落差超过 6000 米的垂直自然生态带。如果你到珠穆朗玛峰国家级自然保护区内旅行，只需要半天的时间，就会感受到冷暖迥异的温差，看到多种自然风貌。

例如，高山寒带生灵岩羊生活在海拔 5200 米的珠穆朗玛峰大本营周围；亚热带动物长尾叶猴生活在喜马拉雅腹地的边境口岸樟木镇。神奇的是，它们几乎生活在同一纬度，直线距离仅有 90 千米。

也因此，珠穆朗玛峰测量不仅仅是为了简单获得珠穆朗玛峰的高度，科学家们还通过科学手段获取各项重要测绘数据，为各行业的科考提供丰富的数据源。

长尾叶猴

能在珠峰地区看到多种自然风貌

垂直自然带

受地带性分异因素影响，在地表大致沿纬线方向呈带状延伸，有一定宽度的地带性自然区划单位，就是自然带。自然带的形成主要与地球表面的太阳辐射能在各纬度分布不均有关。而在一定高度的山地，自然带会随着高度变化而出现的分异和分布现象，就称为垂直带性，也叫作高度带性。形成垂直带的直接原因就是气温随高度增加而迅速降低，垂直温度梯度比纬度水平方向的温度梯度可大上千倍，因此，在高度几千米内就会出现近似热带到极地的变化。

岩羊

超越极限——丈量珠峰纪实

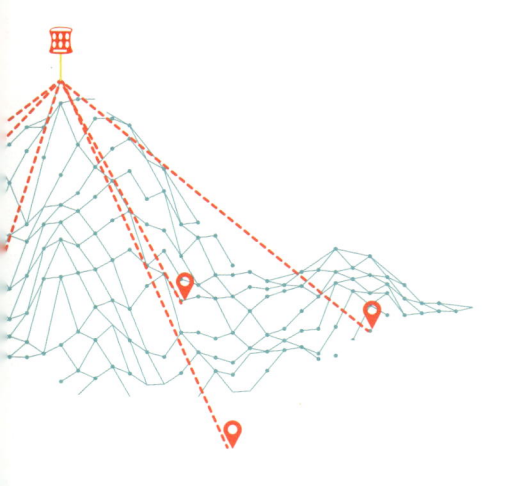

中国第一支登山队成立（1956）

为珠峰正名后，测量珠峰也提上了日程。

早在中华人民共和国成立不久，中央人民政府就提出"精确测量珠峰高度，绘制珠峰地区地形图"，并将其列入新中国最有科学价值和国际意义的"填空"项目之一。

要测量珠峰，首先得要登顶珠峰，站在世界之巅。

而在国际上，冷战爆发以后，苏联将登顶珠峰看作一个政治事件。争攀世界最高峰成了社会主义和资本主义两大阵营展开较量的又一阵地。于是，苏联方面向中国政府提出组成中苏联合探险队的计划，打算从北坡攀登珠穆朗玛峰。

中苏两国一拍即合，争取在冷战中获得登顶珠峰的胜利，也借此作为中华人民共和国成立十周年的国庆献礼。由此，中国第一支登山队成立了。

然而，位于尼泊尔境内的珠穆朗玛峰南坡相对平缓，而位于中国境内的珠穆朗玛峰北坡则横贯着世界上最大的冰坡，异常陡峭，因此就连世界上登山历史最悠久的也是当时实力最强的英国登山队，都把北坡称作"死亡之路"。

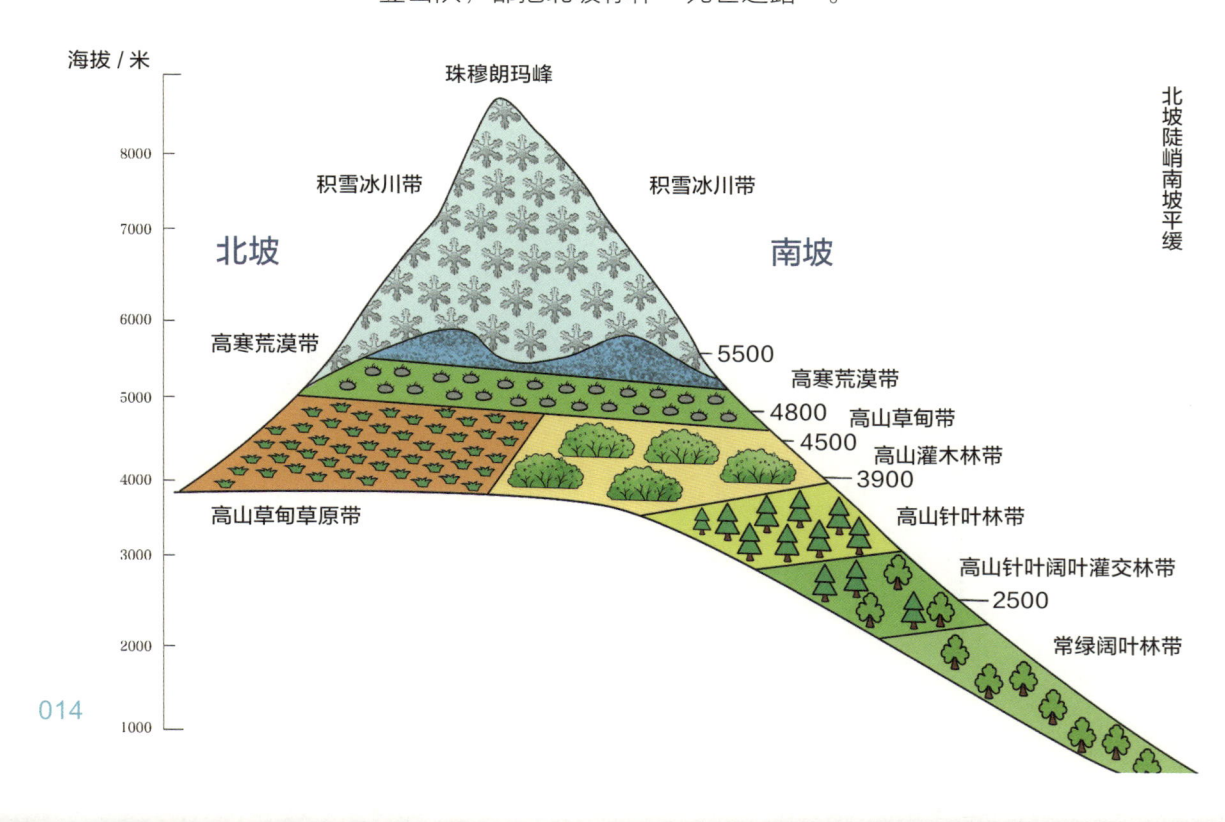

海拔/米

珠穆朗玛峰

积雪冰川带　　积雪冰川带

北坡　　　　　　　　　南坡

高寒荒漠带
　　　　　　　　　　　5500
　　　　　　　　　　　高寒荒漠带
　　　　　　　　　　　4800
　　　　　　　　　　　高山草甸带
　　　　　　　　　　　4500
　　　　　　　　　　　高山灌木林带
　　　　　　　　　　　3900
　　　　　　　　　　　高山针叶林带
高山草甸草原带
　　　　　　　　　　　高山针叶阔叶灌交林带
　　　　　　　　　　　2500
　　　　　　　　　　　常绿阔叶林带

北坡陡峭 南坡平缓

中苏决定联合登峰

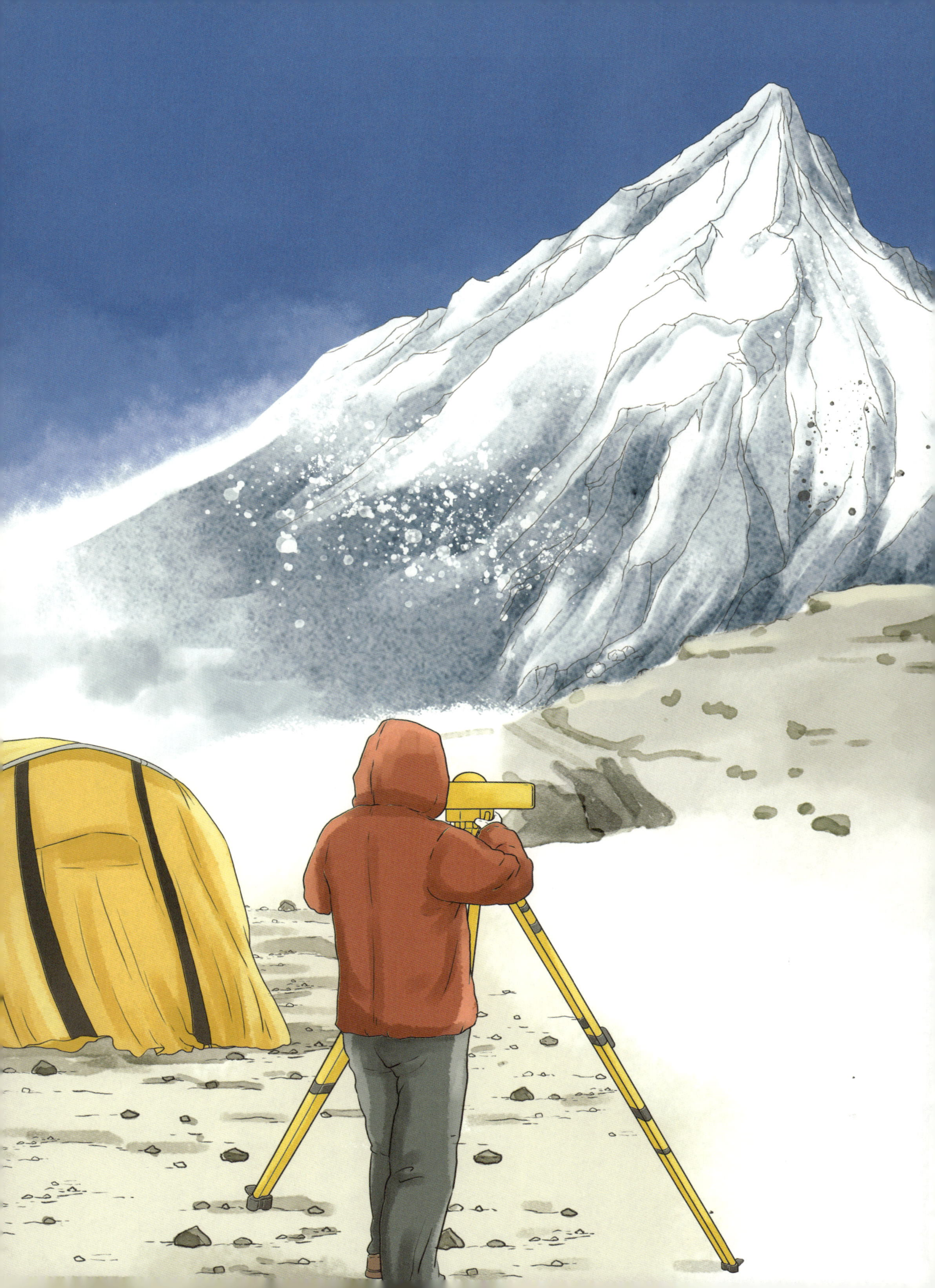

· 第一章 勇攀世界第一高峰（1965）·

处于山脉南侧的印度非常不看好中国与苏联联合攀登珠穆朗玛峰的计划，一再叫嚣珠穆朗玛峰根本不属于中国，中国人没有权利攀登，也攀登不上去。如此一来，新中国的登峰行动就有着十分重要的意义和深刻的政治内涵。

1956年年初，正值中国"一五"建设的重要时期，苏联援助中国的156个经济建设项目，都在如火如荼地开展。

在测绘方面，苏联派出了苏联红军参谋部远东大地测量队来到中国担任教员。苏联来华的这个队伍中，涵盖了大地、制图、航测等测绘方面的各类专家。他们是不穿军装的军队，其中有一部分人曾经参加过第二次世界大战，是一支专业素质强、技术高超、能吃苦、军纪严明的队伍。

测绘

测绘是测量和制图的总称，即测定和推算地面点的几何位置、地球形状及地球重力场，据此测量地球表面自然形态和人工设施的几何分布，并结合某些社会信息和自然信息的地理分布，编制全球和局部地区各种比例尺的地图和专题地图的理论和技术。

测绘应用范围十分广：在城乡建设规划、国土资源的合理利用、农林牧渔业的发展、环境保护、地质勘探、矿产开发、水利、交通等国民经济建设，国防建设以及地球运动状态研究等方面都需要用到测绘学。

测绘现场

喜马拉雅山脉地形示意图

邵世坤是新中国第一代测绘人。1954年4月，从中国人民解放军测绘学院毕业后，邵世坤被分配到中国人民解放军总参谋部（简称总参）测绘局大地实习队，当了一名见习员。在这里，他开始跟随苏联教官学习。

苏联专家们说一不二且不怕吃苦，并很快跟中国测绘队员打成一片。中国测绘队员有什么不懂的学习细则，请教他们，他们都会耐心详细教授。

即使当时经济条件吃紧，国家仍旧勒紧腰带创造一切条件，确保中国测绘队员能跟着苏联测绘专家们学好技术。也因如此，像邵世坤这样的新中国第一代测绘人暗下决心，一定要刻苦学习，绝对不能辜负国家付出的高昂代价！

可是第一道语言关，就难倒很多人。怎么办？

珠峰

地形图

地形图是指按一定比例尺描绘地物（如房屋、道路等）和地貌（如山地、丘陵和平原等）的正射投影图。大面积的测图工作，一般是采用航空摄影测量的方法成图。地形图主要包括数学要素（如比例尺、坐标格网和控制点等），自然地理要素（如水系、地貌、土壤和植被等），社会经济要素（如居民地、交通网和政治行政区划等），此外还有图名、图号和图例等。

笨鸟先飞，中国测绘人抓紧一切时间学俄语。很快，他们就掌握了测绘的大部分专业名词，可以直接和教员进行俄语交流；邵世坤更是在众多见习学员中，被选为苏联教官的助手。

经过几年的学习和训练，中国测绘队员逐渐掌握了测绘技术。

测绘人员户外作业

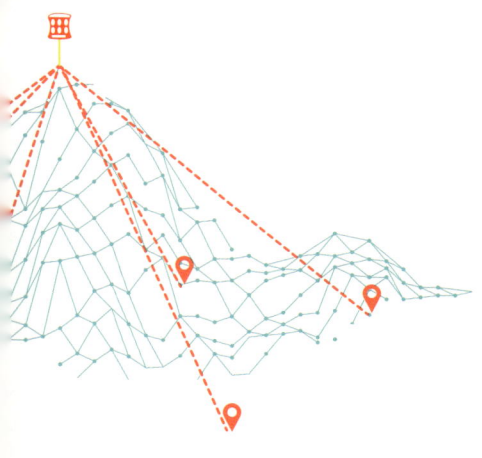

苏联单方面撕毁协定（1959）

1956 年，中苏联合登山队登上了海拔 7564 米的慕士塔格峰，这次成功登顶极大地鼓舞了中国登山队员们，也为接下来联合攀登珠穆朗玛峰增添了信心。

1958 年 7 月下旬，中苏双方就合作攀登珠穆朗玛峰事宜进行磋商，确定了计划，并成立了登山指挥部。

两个月后，中苏组成联合侦察组，对珠穆朗玛峰进行了航空测量，针对珠穆朗玛峰的地形、地势特点，制定相应的攀登方案。与此同时，登山队员们开始加强体能训练和技术训练。

准备工作就绪后，中国国家体育运动委员会通知苏联方面，中苏联合攀登珠穆朗玛峰可于 1960 年 3 月进行。

慕士塔格峰

慕士塔格峰是中国昆仑山脉西段高峰，位于新疆维吾尔自治区西南部，海拔为7509米（登山界常说海拔7546米）。"慕士塔格"源于维吾尔语，意为"冰川之父"。慕士塔格峰主要由片麻石、石英岩组成，呈穹窿构造，峰顶浑圆、终年积雪。慕士塔格峰与公格尔峰、公格尔九别峰并称东帕米尔高原三大高峰。

慕士塔格峰

中国测绘队员和苏联教官合影

苏联派出专家来中国当教员

超越极限——丈量珠峰纪实

就在大家都满怀信心地准备联合攀登方案的时候，国际局势却悄然发生着变化。1959年初春，苏联代表突然表示要将攀登珠穆朗玛峰的时间推迟，随后直接告诉中国登山队，苏联方面准备攀登珠穆朗玛峰的队伍已经解散，无法按照约定和中国一起攀登珠穆朗玛峰。

苏联方面突然退出，攀登珠穆朗玛峰所用的登山装备，国内当时生产不了，原定的攀登珠穆朗玛峰计划不得不暂时搁置。

1959年6月，苏联单方面撕毁了《中华人民共和国政府和苏维埃社会主义共和国联盟政府关于生产新式武器和军事技术装备以及在中国建立综合性原子工业的协定》（简称《中苏国防新技术协定》），中国想要登上珠穆朗玛峰，只能依靠自己。

困难摆在眼前，这个梦想还能实现吗？苏联不干了，中国人自己还能登上珠峰吗？登山队所有人毫不犹豫地回答：我们能干，但是我们没有装备。

登山装备

登山装备指登山活动中集体和个人所使用的专用装备（如被服装备、技术装备和露营装备等）、保障装备（如氧气装备、通信器材、摄影器材、观测仪器、医救器材等）和日用装备（即生活用具和用品）的总称。它与登山食品、燃料一起，构成登山活动的整个物资保证。

攀登者

冰镐　　雪镜　　登山锁　　安全带　　水壶

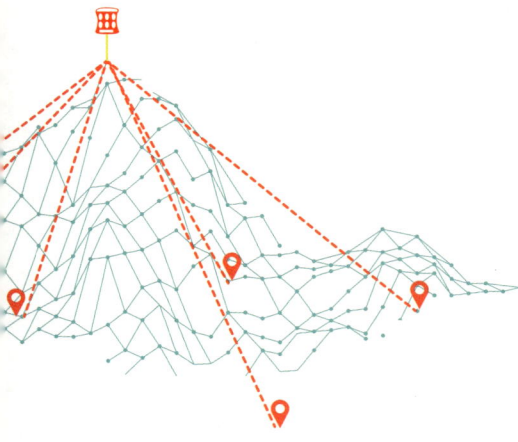

中国人北坡登顶珠穆朗玛峰（1960）

此时，中国登山队刚刚成立不到五年。在那个物资匮乏的年代，连吃饭都成问题，更别提给登山队提供相关的物资技术条件支持了。

时间紧迫、形势严峻，如果没有相应的高山装备保护，中国登山队要独立登上珠穆朗玛峰，无疑将面临巨大风险。外界甚至有一些舆论，说中国人没有外国帮助，是不可能登上顶峰的。

1959年的中国正经历着全国性的粮食短缺和饥荒，经济异常困难，但国家毅然决然咬紧牙关，从国库里挤出了70万美金，通过中国银行汇到中国驻瑞士使馆，在瑞士购买了登山装备，让中国登山队员有了装备物资保障。当时的10元人民币就能买到80斤大米，是两个人一年的口粮。

向上的攀登者

· 第一章 勇攀世界第一高峰（1965）·

珠峰北坡登顶线路图

登顶
第二阶梯
第一阶梯
突击营地（8300米）
c4营地（7790米）
北坳营地（7028米）
前地营地（6500米）
c1营地（5800米）
大本营（5200米）

三勇士成功登顶珠峰

在国家的大力支持下，肩负着全国人民的热切期盼，中国登山队向珠穆朗玛峰进发。

1960年3月19日，乍暖还寒，一支由214人组成的、平均年龄24岁的中国登峰队来到了珠穆朗玛峰脚下。

建营、铺路、进发、冲顶，经过两个多月常人无法想象的努力，1960年5月24日凌晨4时20分，王富洲、贡布、屈银华三位勇士成功从北坡登顶珠穆朗玛峰，完成人类首次从北坡登顶珠穆朗玛峰的壮举。

目标：精确测量珠穆朗玛峰（1965）

消息传到北京，举国沸腾，随后，全国各界人民 7 万余人在北京工人体育场举行盛大集会，热烈庆祝中国登山队从北坡胜利登上珠穆朗玛峰。

攀登珠穆朗玛峰、了解珠穆朗玛峰，历来就是人类走近珠穆朗玛峰的必经过程；也因此从珠穆朗玛峰被发现的第一天起，征服和测量它的高度，就成了全世界所有国家都在关注的重要事件。

从 1847 年开始，世界各国就在不断探索精确测量珠穆朗玛峰高度的方法，也进行了大大小小数十次测量，一时间，珠穆朗玛峰的高程数据众说纷纭，但一直没有一个精确的数据。

绒布寺看世界第一高峰珠穆朗玛峰北坡

珠峰北坡

世界各地登山者慕名攀登珠峰

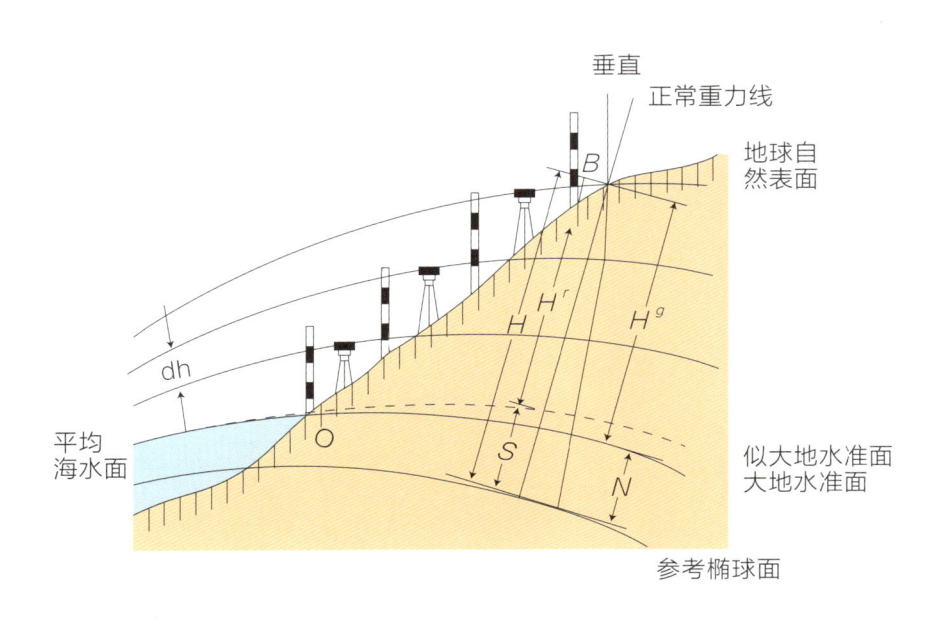

垂直
正常重力线
地球自然表面
B
H^r H^g
dh
O
S
N
平均海水面
似大地水准面
大地水准面
参考椭球面

高程

高程也称高程系统，指由高程基准面起算的地面点高度。根据选用的基准面不同则有不同的高程系统，主要有大地高、正高和正常高系统。大地高的基准面为参考椭球面；正高和正常高的基准面分别为大地水准面和似大地水准面，这两个基准面在海洋上重合。

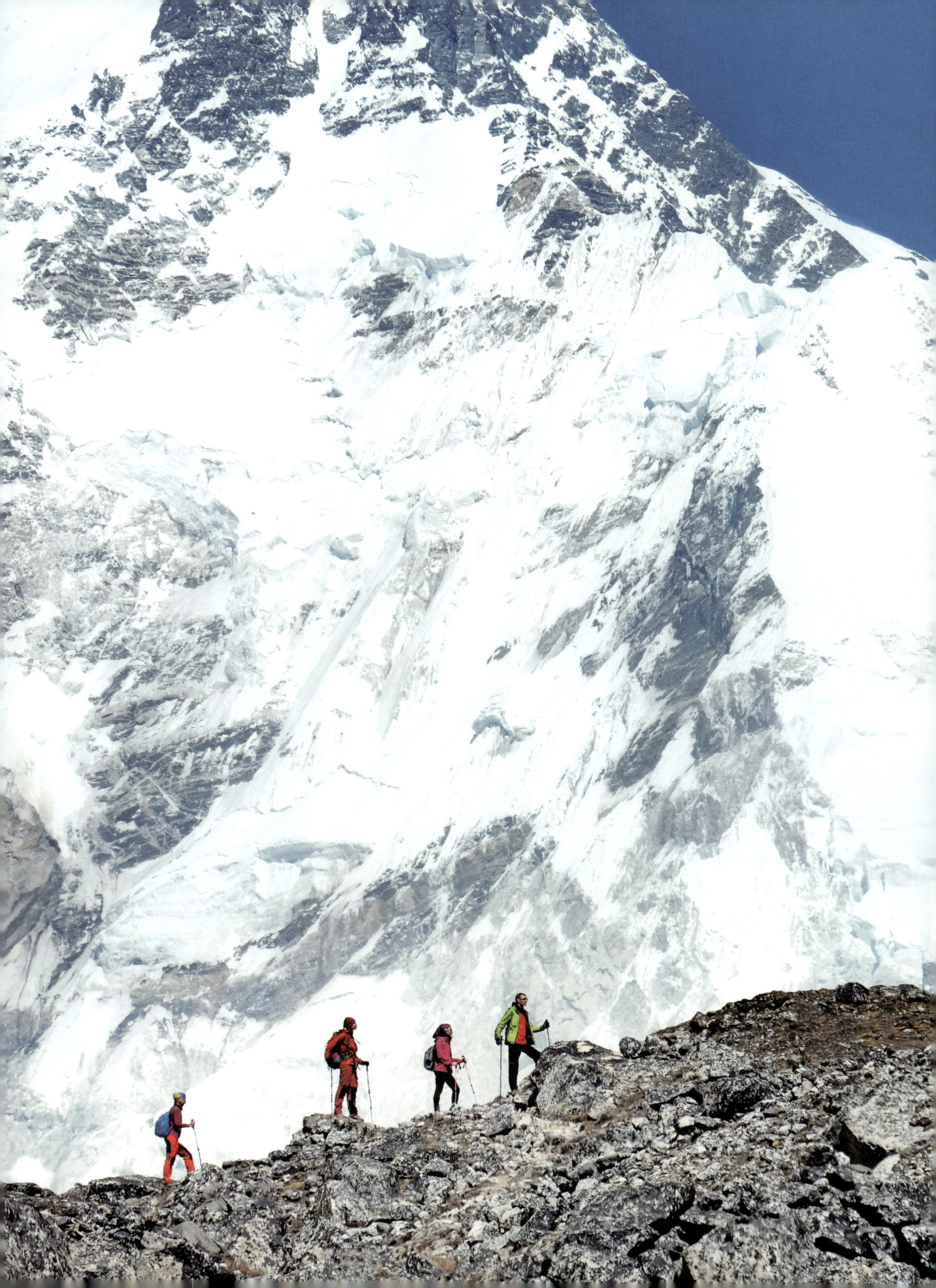

第一章 勇攀世界第一高峰（1965）

珠穆朗玛峰到底有多高？征服了珠穆朗玛峰的中国人，能够依靠自己的力量再次创造奇迹，完成珠穆朗玛峰高程的精确测量吗？

国家规定这次珠穆朗玛峰测量任务主要分三部分：

第一是要对珠穆朗玛峰进行高程测量；

第二是要测定它的经纬度；

第三个任务就是我们国家位于珠穆朗玛峰的北坡，北坡原来没有地形图，要测定 1 ∶ 25000 比例的测量地形图。

想要精确测量珠穆朗玛峰高程数据并绘制地图，第一个任务，就是要建立大地控制网。

大地控制网

大地控制网又称国家大地控制网或国家天文大地网，是指在全国领土范围内，由互相连接的大地点所构成的网。大地点的水平位置按国家统一的大地测量规范测定，并设有固定标志。它为国家经济建设、国防建设和地球科学研究提供地面点的精确几何位置，是全国性地图测制的控制基础，也是远程武器发射和航天技术必不可少的测绘保障。

丈量珠峰

珠峰高程需向确定起算点

超越极限——丈量珠峰纪实

建立大地控制网

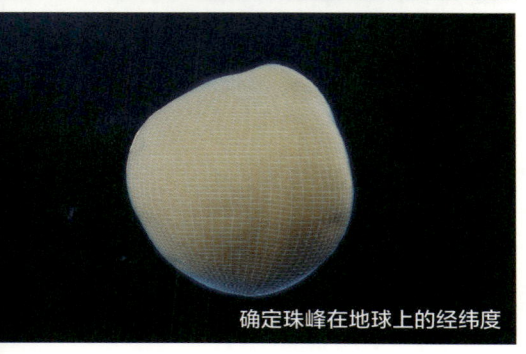

确定珠峰在地球上的经纬度

这并不是一件容易的事，就好比用一个渔网把全国扣上，通过经纬度加上天文定位，才能准确确定某个点在地球上的具体位置。

但是，地球是一个并不那么"平滑"的椭球体，地表的实际形状并不规则。如果想要测量出一座山的"高程"（即海拔），除了建立大地控制网，还需要以一个海拔为零的海平面做起算点，而在陆地上，这个海拔为零的"海平面"就叫作大地水准面。

1965年，中国科学院西藏科考队应运而生。国家测绘总局第一大地测量队在这个队伍中担任了重要的任务。

郁期青是国测一大队的老队员，他多次参与了中国测量珠穆朗玛峰高程的工作，从第一次接到测量珠穆朗玛峰任务时，他就深深明白这个任务对于中国的重要意义。按照任务要求，郁期青和队员们一起，开始了紧张的准备工作。

地球自然表面

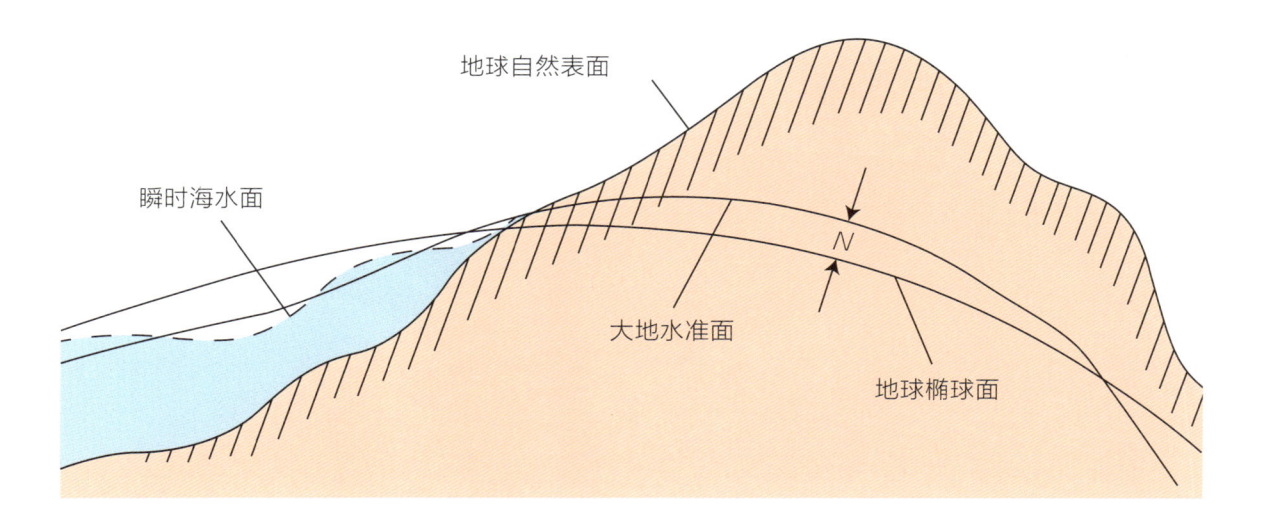

瞬时海水面

大地水准面

地球椭球面

大地水准面

　　大地水准面是假想的静止海水面及其向大陆内部延伸所形成的曲面。通常用无潮汐平均海水面近似代替，人们假设，静止时的平均海水面的重力位是处处相等的，就以它作为高程测量中正高系统的起算面。

测绘现场

水准零点

· 第一章 勇攀世界第一高峰（1965）·

建立大地控制网的方案拟定之后，国测一大队的测绘人员背起设备启程了，他们从青岛黄海验潮站的海水平面高度为水准原点，从这里出发，他们靠着双脚，一步一步把水准面推进到珠穆朗玛峰脚下。

为了准确建立测量站，他们每隔几十米就要设一个站点，每个站点要进行两次测量，这条路，他们步行了12000千米的路程，几乎走出了一个长征的距离。

就没有省力一点的方式吗，哪怕是工作中借助点马匹、骆驼、牦牛等外力也行呀？当时为国测一大队测绘员的张志林这样说：我们需要背负着仪器，不能随便骑这些牲口，另外也要保证仪器的安全，完全可以说我们是用两只脚丈量国家的大地。

如果将测绘队员比作上战场的战士，他们背负的仪器就是他们的武器，对于一名战士而言，武器的重要性不言而喻。

水准原点

水准原点也称"高程基准点"，是国家高程控制网的起算点。中国的水准原点设在青岛，是以青岛验潮站统计资料所确定的黄海平均海水面作为高程零点，因此青岛水准原点是测量推算全国高程控制点高程的基准。

水准原点

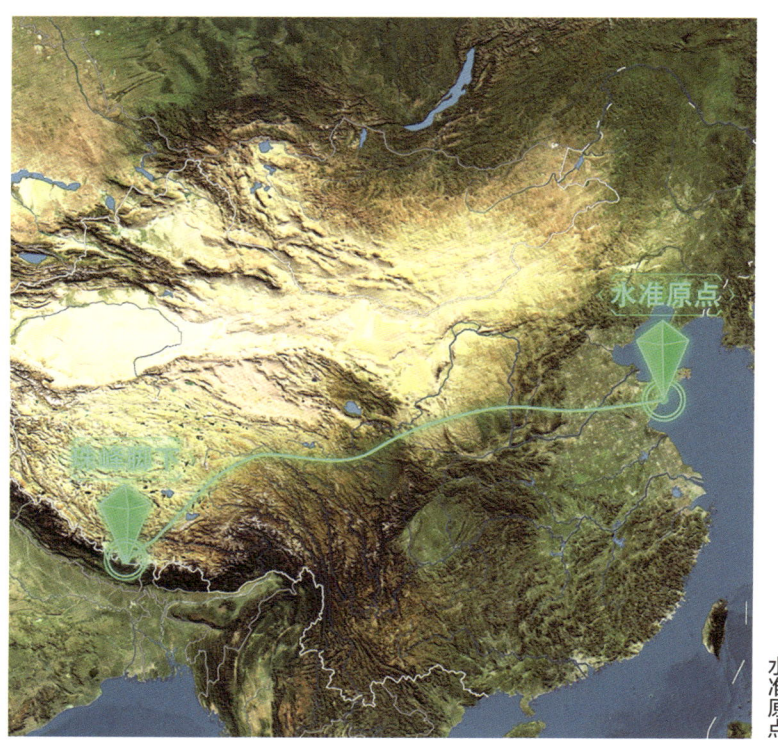

超越极限——丈量珠峰纪实

生命禁区建起测绘体系（1966）

20世纪60年代，中国的城市化还非常落后，从青岛到珠穆朗玛峰，一路上他们自己背着这些仪器，测绘队员们经历了不少常人难以想象的磨难。加上当时西藏地区的社情和敌情还比较复杂，所以测绘队员们都配备了手枪防身，当然主要的警备任务仍由部队警备连来担任。

除了沿途敌情复杂，随时有生命危险之外，初到野外工作，西部地区恶劣的自然环境，也是这些测绘队员没有预料到的。

比如走到甘肃的时候，某些极度干旱地区缺水的程度完全超出队员们的想象。曾有流传，那里的人一生只洗两次澡，生下来洗一次，结婚的时候洗一次，就是因为这里的水太宝贵了。

1966年3月，随着测绘队员们将大地控制网一步步铺设到珠穆朗玛峰脚下，国测一大队一个8人的小分队从西安出发，他们此行的目的地正是珠穆朗玛峰。

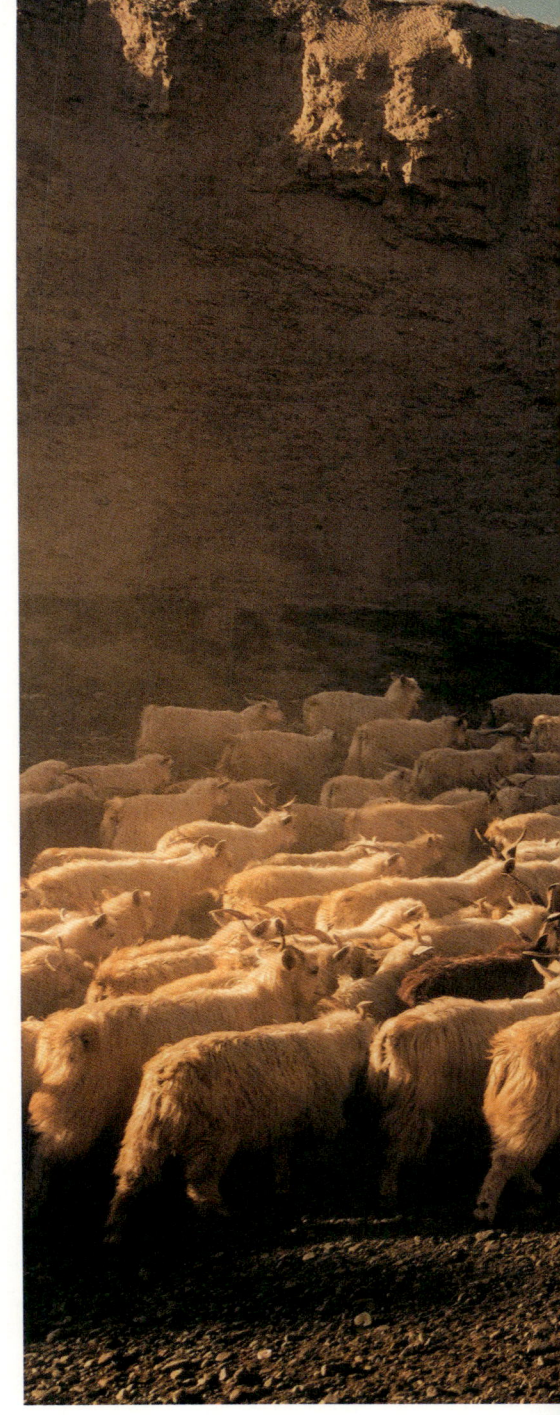

珠峰脚下测绘

甘肃天水

恶劣自然环境中艰苦测绘

超越极限——丈量珠峰纪实

出发前，8位队员面向五星红旗庄严宣誓，一定要不惜一切代价，完成测量任务。小分队的队员们都是抱着九死一生的信念出发的，有的队员甚至在出发前把仅有的财产都存到朋友家里，并叮嘱说："一旦回不来把它交给家人留个念想。"

3月的西藏，天气依然十分寒冷，到处白茫茫的一片，此时一个让人意想不到的危险随即而来。

当时为国测一大队测绘队员的郁期青回忆说：接到上级消息称在附近发现了空降特务，电台和降落伞已经缴获，但是人已经跑掉了。队员们如果一旦遭遇敌人，有坏人冲进帐篷，可以及时开火。

恶劣的自然环境和特务靠近的危险都没有让郁期青和队员们停下脚步，到达绒布寺大本营后，他们仅仅休息了一天，就开始了准备工作。因为珠穆朗玛峰地区有一个特点，5月份基本上都是好天气，但到了6月份以后，基本上天天下雪，想干也干不成。

郁期青和队友们冒着零下二三十摄氏度的极端天气，每天天不亮就出发，向着珠穆朗玛峰上的各个观测点突击，经历了不少常人难以想象的磨难，终于完成了测量任务。

队员们将大地网铺设到珠峰脚下

国测一大队肩负珠峰测绘重任

喜马拉雅

沿着他们的足迹，在此后的几年时间里，中国在珠穆朗玛峰周围进行了一系列基础测量工作，把测站点位推进到距峰顶不足10千米、海拔6000多米的珠穆朗玛峰脚下。

至此，中国人在被称为"生命禁区"的喜马拉雅山地区建立起了一套完整的科学测绘体系，为此后中国对珠穆朗玛峰进行精确测量做足了准备。

为中国的测绘事业奉献了一辈子，郁期青和他的队友们从未后悔。正是有了他们无怨无悔的付出，新中国的测绘事业和珠穆朗玛峰的测量工作开始在蹒跚中起步，中国人也终于有机会在世界测绘史上留下浓墨重彩的一笔。

在那个一片空白中起步的年代，郁期青和他所在的国测第一大队完成的都是开创性的探索工作，未来等待他们的，将是一次又一次全新的挑战。

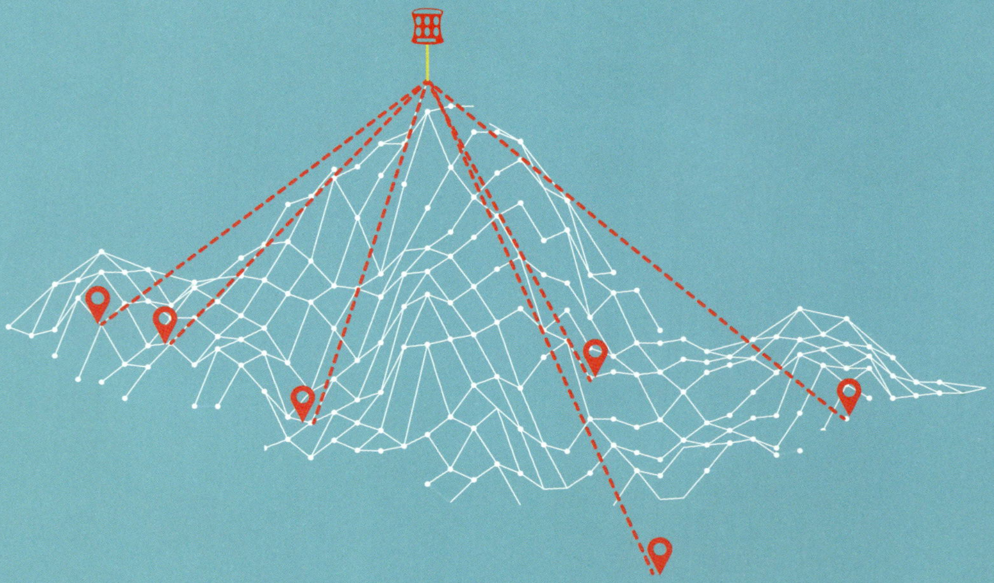

第二章

集结珠穆朗玛峰大本营（1972）

1972年10月，中国登山队重建成立；国家体育运动委员会和中国科学院决定对珠穆朗玛峰重新进行科学考察，并测量珠穆朗玛峰高程。

从1975年3月4日到达珠穆朗玛峰脚下，前站人员开始建设绒布寺大本营，到4月4日，珠穆朗玛峰上的11个营地全部建造完毕，10个测量点也全部到位待命，营地建设、后勤保障、气象预报等各项准备工作悉数完成。

再登珠穆朗玛峰计划发起

西藏定日县绒布寺，世界上海拔最高的寺庙，距离珠穆朗玛峰峰顶仅 18 千米，这里是从北坡攀登珠穆朗玛峰的大本营。相传五位吉祥长寿的神女，就住在寺庙后面的喜马拉雅群山之中。

群山之首，被称"珠穆朗玛"，是藏语第三女神的意思，它的周围矗立着 40 多座海拔超过 7000 米的山峰。

这里是冰雪的故乡，地球的最高点。

1852 年，珠穆朗玛峰被确定为世界最高峰。从此之后，无数登山家和冒险家慕名而来，至今已有 4000 多人成功登顶。

其实，早在 20 世纪 50 年代，中国的科学家们就对珠穆朗玛峰地区进行了多次大规模的科学考察。

· 第二章 集结珠穆朗玛峰大本营（1972）·

西藏珠穆朗玛峰·绒布寺

队员在艰难条件下测绘

珠峰地区架设测量仪器

科学考察

　　本书介绍的科学考察仅限于登山科学考察，是指科技工作者在山地特别是高山，结合自己所学专业，独立或协助别人进行有关学科的科学考察活动。主要考察的内容包括，高山气象与环境考察、高山测绘、高山地质和地球物理、高山冰川、高山生理、高山医学、高山动植物等。

世界各国掀起珠峰探险热潮

· 第二章 集结珠穆朗玛峰大本营（1972）·

进入 20 世纪 60 年代后，中国第一批测绘工作者，由中国科学院牵头，联合国家测绘总局等 20 多家单位，对珠穆朗玛峰地区进行了一系列科学考察和基础测绘工作，为中国此后对珠穆朗玛峰的精准测量做足了准备。

1960 年 5 月 25 日凌晨 4 时 20 分，中国登山队的王富洲、贡布、屈银华经过数十个小时的生死较量，成功在珠穆朗玛峰峰顶登顶，并艰险下山，完成了人类首次从珠穆朗玛峰北坡登顶的壮举，将中国人的足迹留在了珠穆朗玛峰顶端。

登顶的消息迅速传遍了世界。世界各国的体育组织当即发来电报祝贺，然而其中也不乏一些质疑的声音。由于没有红外线照相机，登顶后无法留下影像资料，部分国家一直不相信这次登顶。

20 世纪 70 年代以后，世界各国的登山队云集珠穆朗玛峰地区，掀起了高山探险的热潮。相继有一些国家的登山队宣布从南坡登顶成功，并公布了各自测量的不同高度数据。

1972 年 10 月，中国登山队重建成立，国家体育运动委员会和中国科学院马上向中央报告了"筹备再登珠穆朗玛峰"的建议——再次攀登珠穆朗玛峰顶峰，并且对珠穆朗玛峰重新进行科学考察，测量珠穆朗玛峰高程数据。

向上的攀登者

中国筹备再登珠峰

从南坡看珠峰

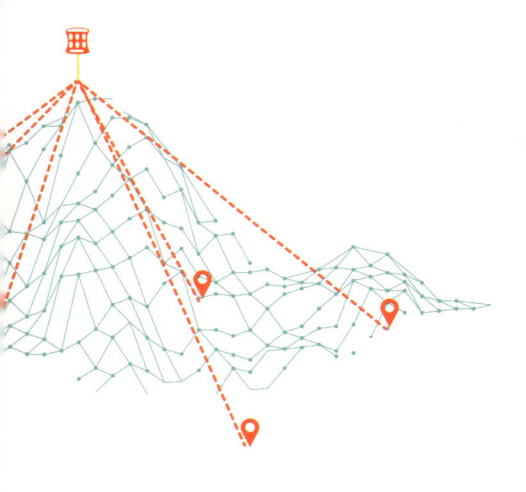

层层筛选高测队员

1974年,国家测绘总局与总参测绘局抓住这次机会,决定与国家登山队合作,开展一次精确测量珠穆朗玛峰高程数据的测绘工作。

如此高难度的世界级课题,必须由一支足够专业的队伍来完成,最终中国科学家和中国登山队组建了由40多位科学家和400多名登山队员的庞大队伍。

这40多位科学家组成的中国测绘人员,是从被称为"军测"的总参测绘局和"国测"的国家测绘总局两部门数万名测绘人员中层层遴选筛出的,最终挑选出了46人,组成了1975年珠穆朗玛峰高程测量分队。

专业专家队伍组成

缺氧等高山反应让队员非常不适

缺氧

　　缺氧是指机体组织细胞氧供应不足或组织、细胞利用氧的能力出现障碍时所产生的病理过程。原因较多，如空气稀薄、呼吸抑制、呼吸道阻塞、心脏先天性畸形等因动脉血氧分压降低所致的组织供氧不足等，主要症状有呼吸苦难、心跳加快、发绀、烦躁不安和昏迷等。

047

日照峰顶

珠穆朗玛峰测量是一项特殊而艰巨的工作，那里冰天雪地，严重缺水，极度缺氧，气候异常恶劣，生存条件十分险峻，致死率高。每位登山者都在用生命进行攀登，稍有差池就可能被永远留在了珠峰上。

所以，测绘人员的挑选非常严格，除了思想信仰好、不怕苦不怕牺牲外，最重要的就是良好的身体条件。毕竟珠穆朗玛峰地区是"生命禁区"，不是谁想去都能去得了、谁都能胜任的。

那么，这肩负重任的46人是如何挑选出来的呢？

王玉琨，1960年进入解放军测绘学院学习，1975年时，他已经在藏区工作了十多年，是一名老测绘兵了，而他就是被选入珠穆朗玛峰高程测量队的46人之一。

如今，他依然能清楚地回忆起当年的情景：

部队发来了一封电报——王玉琨同志速到总参测绘局一处报到，有重要任务。

到北京之后，王玉琨才从总参一处得知，自己即将参加的是珠穆朗玛峰高程测量任务，并被任命为珠穆朗玛峰高程测量分队的技术参谋，专管技术工作。

郁期青，1956年4月毕业于南京地质学校，同年进入国家测绘总局第一大地测量队工作，1966年、1968年，他就已经参与了珠穆朗玛峰地区的科考任务，1975年被挑选成为珠穆朗玛峰高程测量分队的一员。

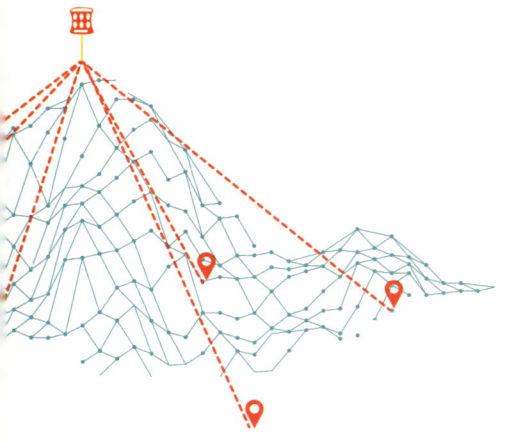

紧锣密鼓做登峰准备

有人说，到珠穆朗玛峰去就是在玩命。这并非空穴来风！珠峰地区气温常年在零下几十摄氏度，经常刮着七八级大风，人暴露在寒风中五分钟就将面临截肢的风险；加上这里含氧量只有平原地区的四分之一，植被无法生长；就连野生动物也无法在这里生存。

正因为如此，和王玉琨、郁期青一样，国家测绘总局与总参测绘局在测绘人员当中层层筛选，百里挑一选出的这46人，个个都是思想信念与身体素质都非常突出且有着丰富野外工作经验的精英。

不过，为了应对这个危险性极高，甚至是挑战极限的任务，这批测绘员们还需要进行各项艰苦的训练。

1974年年底，北京市怀柔水库东岸半岛上的北京怀柔国家登山训练基地，测绘队员们就在这里进行了一个月的训练和准备工作。

当时的训练基地并没有现代化的训练设施，登山队员们要在

国家登山训练基地

高原地带适应性训练

· 第二章 集结珠穆朗玛峰大本营（1972）·

攀登技巧

攀岩

引体向上

简陋的条件下，完成攀登珠穆朗玛峰前的各项训练。

珠穆朗玛峰登山队队员侯生福回忆当时的情景这样说：训练非常辛苦，有的女同志训练得便血；有些人楼梯都上不去，得两个手抓着栏杆一步步挪上去。训练时还有七天七夜连续行军，晚上只休息几个小时，之后又接着快走。

所有一切都是为了在短期内快速提升队员们的体能和耐力。

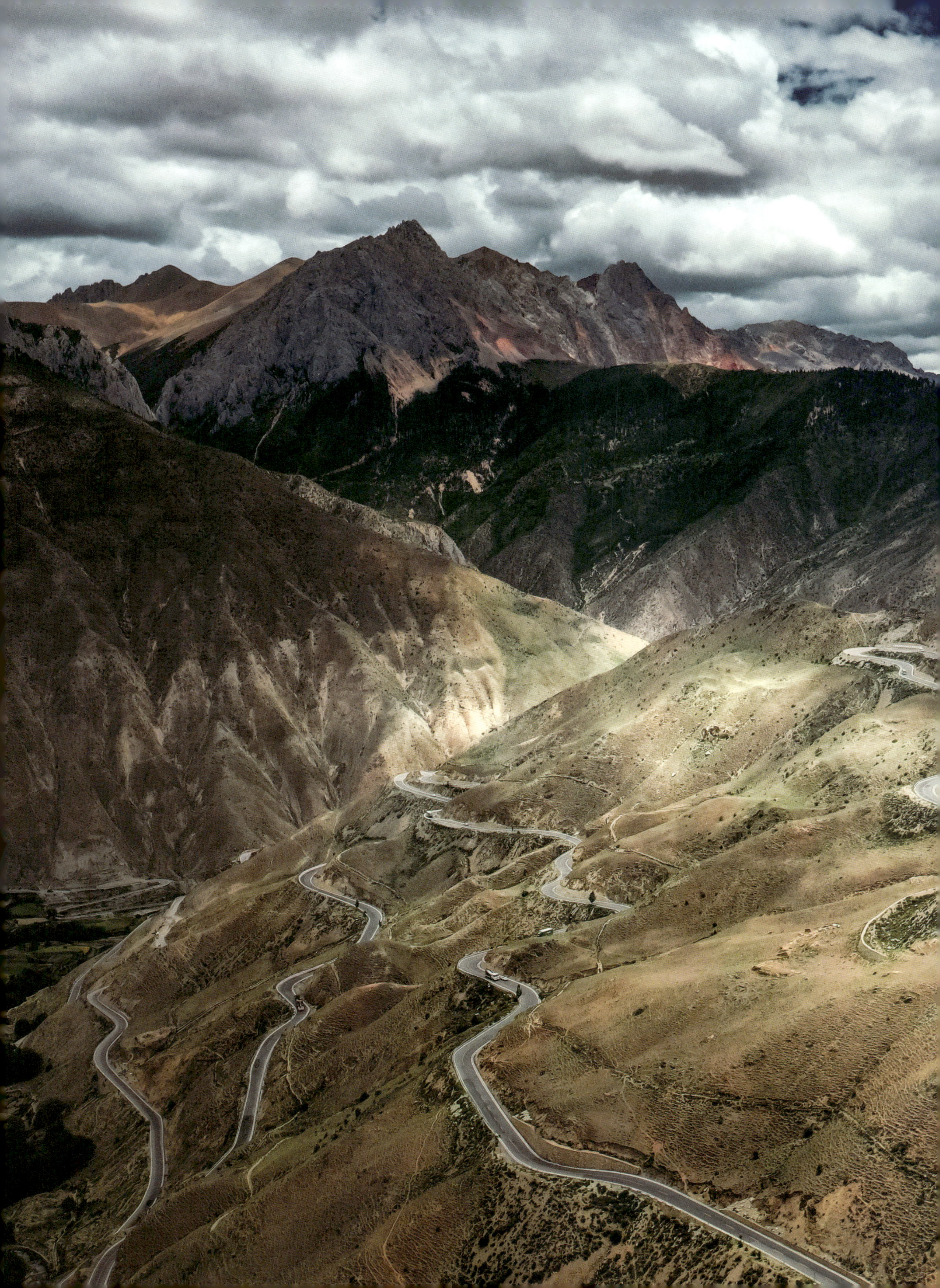

· 第二章 集结珠穆朗玛峰大本营（1972）·

珠峰脚下营建帐篷城

与此同时，其他大量组织工作和准备工作也在有条不紊地进行着。比如成立党支部、落实规章制度……重中之重，就是器材装备的准备，包括采购鸭绒衣、鸭绒裤、鸭绒睡袋、登山靴等，还有其他一切要用到的装备都需要准备好。

在这短短一个月的时间里，队员们除了体能训练、技术学习，同时还完成了物资筹备、器材采买、计划方案等各项准备工作。

1975年3月，春节过后，各路人马齐聚西藏，这是珠穆朗玛峰测量登山队首次进入高原地带，队员们要在拉萨进行适应性训练。

而在西藏地区工作经验较为丰富的王玉琨、安兴国、陆福仁等人则率先前往定日县的绒布寺，负责珠穆朗玛峰大本营的建设工作。

珠穆朗玛峰绒布寺大本营位于海拔5154米，建立在绒布河的河滩上，与珠穆朗玛峰直线距离18千米，视野开阔，是珠穆朗玛峰测量登山大部队在珠穆朗玛峰脚下生活的地方和指挥中心。

队员在高原地带进行适应性训练

珠穆朗玛峰大本营的建设工作主要包括两项，一是挑泥土、搬石头、垒锅灶，解决大部队来了以后的吃饭问题；二是平整土地、搭帐篷。

这天，帐篷搭好后，队员们要把东西搬到帐篷里去。陆福仁扛着行李撞开帐篷门，可能用劲比较大，发现手臂脱臼了。

随队的医生想给陆福仁复位，拽了四五次都没有成功。旁边的王玉琨看着非常着急，就说让他试试看，在医生的指导下，王玉琨用膝盖顶着陆福仁的胳肢窝，然后猛一拉胳膊，没想到一下

脱臼

脱臼也称关节脱位，是指组成关节的两个骨端相互移开，发生错位，导致关节处剧烈疼痛、关节部位畸形或关节正常活动能力丧失。通常，这种情况多是暴力作用所致，以肩、肘、下颌及手指关节最易发生脱位。

珠峰大本营是名副其实的帐篷城

子就复位好了。

巍峨的珠穆朗玛峰给了队员们一个下马威。经历这件事，队员们工作时越发认真谨慎对待，毕竟高寒地区和平原的环境完全不同，哪怕受点小伤也可能是大事。

经过一周的艰苦努力，绒布寺大本营的建营工作终于完成，这是一座由50多顶排列整齐的棉帐组成的"帐篷城"。大部队从拉萨浩浩荡荡地集结到大本营，珠穆朗玛峰高程测量任务迫在眉睫。

集结珠峰脚下

尘封 40 多年的珍贵档案

然而，当时中国的物质、技术条件十分艰苦，如何才能克服困难，拿出一个精确无误、能够让全世界都足以信服的珠穆朗玛峰高程数据呢？

在国家测绘局的档案室里，我们找到一个尘封了 40 多年的信封，信封上只潦草写着"珠峰"二字，信封里，却存放着不为人知的珍贵记忆。

1965 年，国家测绘总局测绘科学研究所刚刚成立，担任第一任所长的就是图中的这个人，后来当选为中国科学院院士，被称为"珠穆朗玛峰测高第一人"的陈永龄。

· 第二章 集结珠穆朗玛峰大本营（1972）·

陈永龄

　　陈永龄，中国现代大地测量学家，是中国现代最早从事大地测量学教学和科学研究的学者之一，主要致力于中国国家大地网的全面布设、整体平差、精度分析和大地水准面特征等问题的研究。

　　1965年，为精确测定珠穆朗玛峰的高程制定了技术方案，较好地解决了影响测定精度的几项关键技术问题。20世纪70年代后期，他又提出利用卫星多普勒技术测定地心坐标和加强中国大地网的建议，促进了中国大地测量新技术的发展。

测绘专家陈永龄

珠峰

精准测量珠峰难度不小

· 第二章 集结珠穆朗玛峰大本营（1972）·

当时中国的测绘科学一片空白，在技术、物质条件极为艰苦的情况下，要精确测量珠穆朗玛峰高度，成为一道难关。

在珠穆朗玛峰脚下对峰顶进行观测时，由于空气会折射光线，导致地面观测到的珠穆朗玛峰并不是珠穆朗玛峰实际的位置。

了解到这一点后，陈永龄计算出了大气折射系数，修正了误差，解决了大气折光问题的根源。

此外，由于测量点在地面，由低向高观测珠穆朗玛峰，各个点观测到的位置也各不相同，这就很难确定珠穆朗玛峰的最高点。

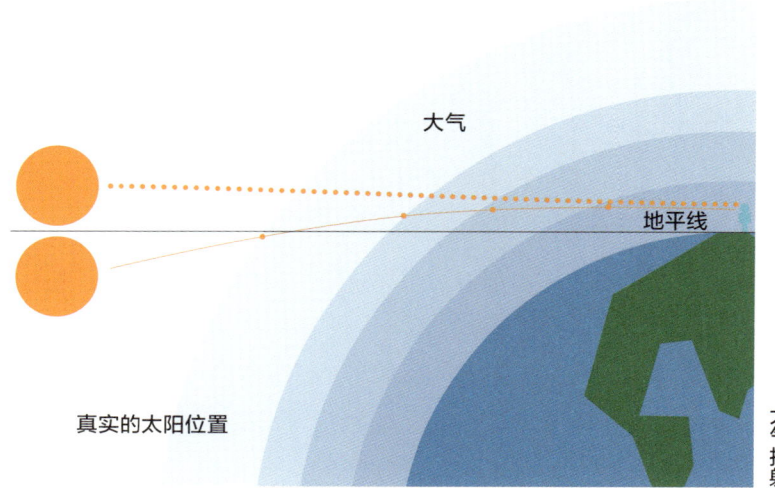

大气折射

也称"地球折射"，指太阳光在经过大气层到达地球时，光线发生弯折的现象。一般大气密度随高度变化而出现不同的分层，在每一薄层中的大气是均匀的，光线从一薄层进入另一薄层时，因折射率不同，光路就会发生屈折。也正是因为地球折射，所以人们从高处远眺时，看到的地平线比实际高一些和远一些。由于大气折射会导致目标观测出现误差，所以在天体测量和大地测量中人们都要进行大气折射订正。

超越极限——丈量珠峰纪实

面对这个难题，陈永龄第一次提出由登山队将一个测量觇标带上峰顶去，在峰顶找到最高点并立起觇标，这样就能确定地面所有测量点观测到的都是珠穆朗玛峰的最高点。

就这样，陈永龄攻克了重重难关，使测定珠穆朗玛峰高程技术方案的科学性和精确度都超过了国内外历次测定的水平。

除了陈永龄，还有1975年担任珠穆朗玛峰高程计算组组长的陈俊勇和中国测绘科学研究院的顾旦生等，他们都是中国大地测量学的奠基人。

当年，就是他们在一穷二白的条件下，为中国制定了让全世界信服的珠穆朗玛峰高程测定方案。

测量觇标

测量觇标是测量标志的一种，作为观测照准目标和升高仪器位置用的测量标架。用木材、钢材或其他材料制成。高度从数米至数十米，建造在三角点或导线点上，其顶部安装圆筒或标心柱，供其他点观测或照准用。

没有觇标，可能各观测点观测峰顶位置不同

珠峰

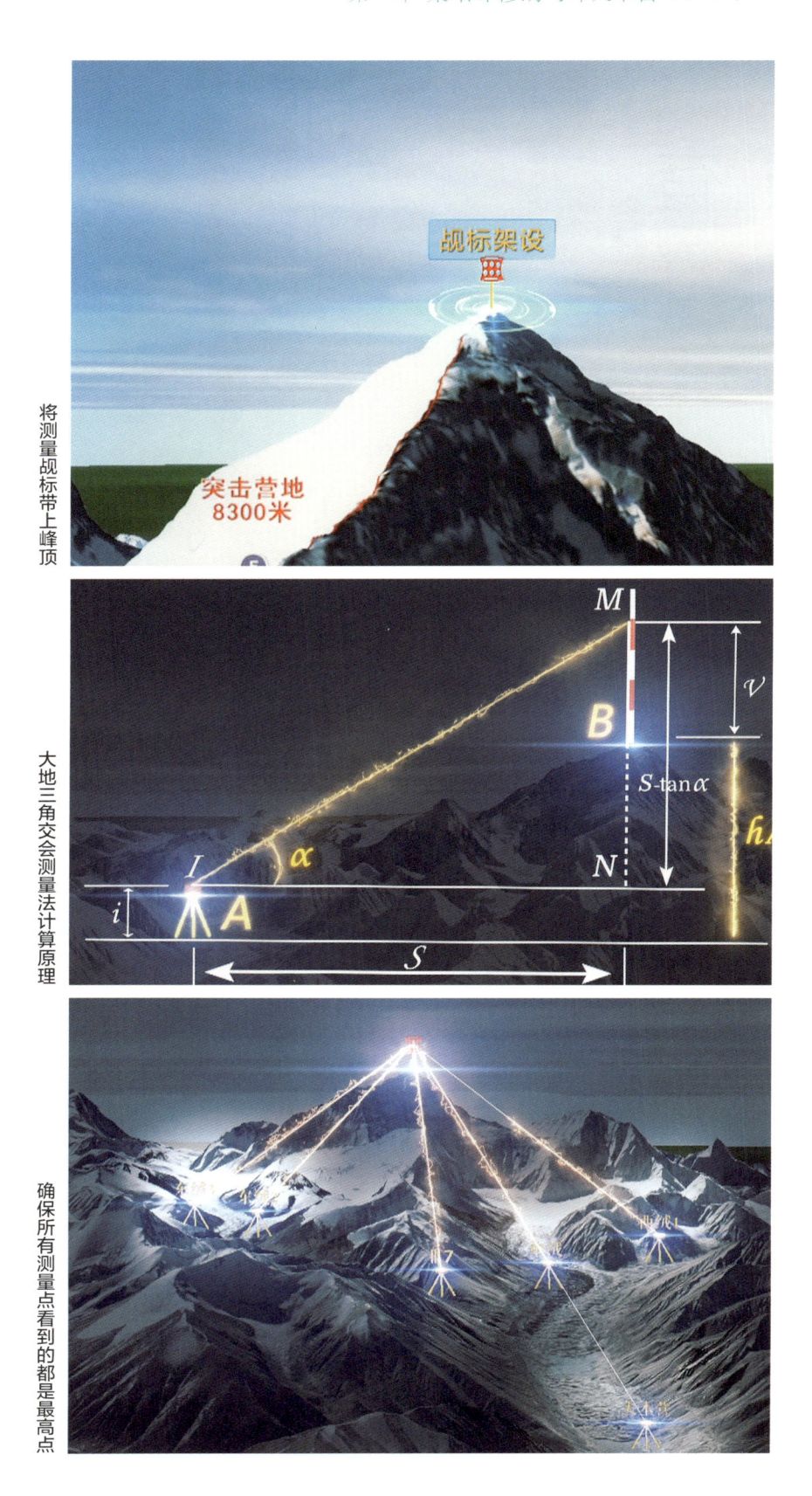

· 第二章 集结珠穆朗玛峰大本营（1972）·

将测量觇标带上峰顶

大地三角交会测量法计算原理

确保所有测量点看到的都是最高点

超越极限——丈量珠峰纪实

有了测绘专家们制定出来的方案，珠穆朗玛峰脚下的大部队开始了三个阶段的工作：

一是在珠穆朗玛峰逐级建设营地，并在三大绒布冰川两侧，建设10个角度不同的测量点。

二是将重力仪推进到海拔7000米以上，确定水准数值。

三是在峰顶竖立觇标后，从10个观测点同时观测觇标，得出测量数据，最后再由计算组计算出最终的结果。

各个小队接到了自己的任务后，有条不紊地奔赴自己的任务区。

绒布冰川

绒布冰川是西藏雄奇景色之一，地处珠穆朗玛峰脚下。冰川是指极地或高山地区地表上多年存在并具有沿地面运动状态的巨大冰体，是地球主要淡水资源之一，占地球淡水总量的69%。

珠峰地区是中国大陆性冰川的活动中心，仅面积在10平方千米以上的山岳冰川就有15条，其中最大最著名的是复式山谷冰川——绒布冰川，绒布冰川冰舌平均宽14千米，平均厚度达120米，最厚处在300米以上。

珠峰北坡绒布冰川

绒布冰川

超越极限——丈量珠峰纪实

冰碛上背着物资艰难行军的队员　前方指挥所营地（5400米）　冰碛区

· 第二章 集结珠穆朗玛峰大本营（1972）·

5400米处建指挥所

1975年3月12日清晨，王玉琨、陆福仁、郁期青等五人早早出发，他们接到的任务是到5400米处建立一个营地。这个营地将作为珠穆朗玛峰测绘队指挥作业的前方指挥所，承担着交通枢纽、指挥中心的重要职责。

顺着鱼鳞般起伏的冰碛区，王玉琨一行人从大本营出发，顶着寒风，背上物资装备开始了艰难行军。这是进入珠穆朗玛峰山区后的第一次负重行军，大家的心里都有些忐忑不安。

珠穆朗玛峰地区独有的冰碛区，是由终年不化的冻土和岩石组成的，凹凸不平的区域，冰面又硬又滑，稍不留神就可能摔伤，所有人都绷紧了神经。

经过几个小时的艰难行军，小分队终于到达了海拔5400米高度，在一处永冻沙石的地面上支起了两顶帐篷，成功搭建了临时营地！

冰碛

冰碛是指冰川在消融过程中，侵蚀、搬运与堆积下来的岩块、砾石以及泥沙等碎屑物质的总称，又称为冰川沉积物。多由次棱角状且大小混杂的岩屑组成。

冰川融化过程中会形成冰碛区

超越极限——丈量珠峰纪实

这个 5400 米营地，又称前方指挥所营地，搭建在珠穆朗玛峰地区的三大冰川（东绒布、中绒布、西绒布）交汇处，不论是为海拔更高的营地打通通路，还是指挥测量队成员前往三大绒布冰川上的 10 个测量点，这里最方便；而且各个小队，不论走入哪个测区，也必然路过这里。

然而，这个位置却正处于大风口上，除了风大寒冷，还十分干燥，缺氧导致的高山反应更是让人无处躲藏。适应性差点的队友高山反应十分严重，身体机能也严重下降。

高山反应有多难受？

晚上睡不着，吃不下饭，喝不进水，头疼，四肢无力，走路都困难。据队员反映，来了以后头疼得简直像锥子扎一样难受，有的人几天几夜吃不下饭，有的人水刚喝进嘴里还没到喉咙里马上就吐了出来。

然而，恶劣的自然环境，并没有将他们击垮，经过队员们的努力，一顶崭新的棉帐篷终于支了起来，象征着前方指挥营地的建成。

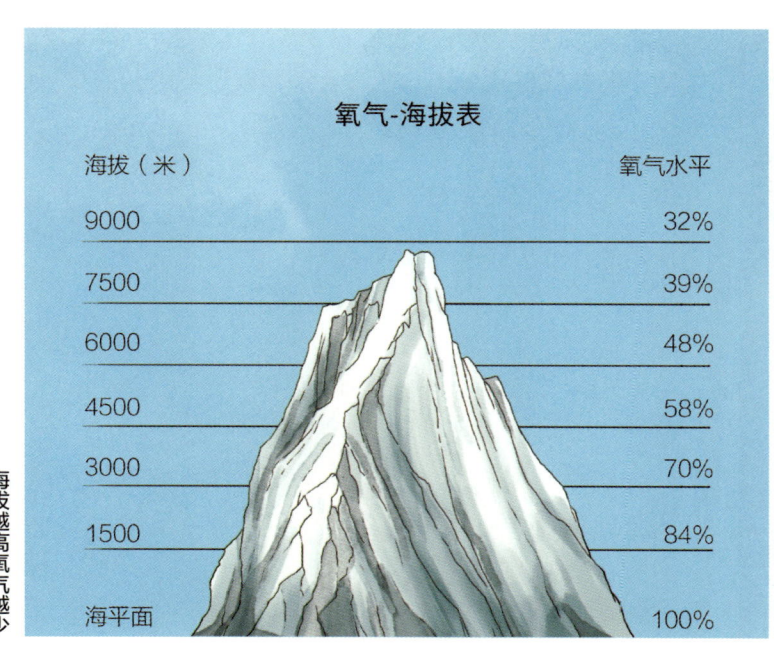

氧气-海拔表

海拔（米）	氧气水平
9000	32%
7500	39%
6000	48%
4500	58%
3000	70%
1500	84%
海平面	100%

海拔越高氧气越少

高山反应

高山反应是高原地区特有的常见病，指人体急速进入海拔 3000 米以上的高原地区，暴露在低压、低氧环境后，产生的各种身体不适应症状，如头痛、失眠、食欲减退、疲倦、呼吸困难等。

· 第二章 集结珠穆朗玛峰大本营（1972）·

前方指挥所营地（5400米）

暴风雪中建营地

队员在高山反应中艰难行进

超越极限——丈量珠峰纪实

冰川消融中

艰难的后勤保障工作

5400米前方指挥所营地建成的消息一传到大本营，留在绒布寺大本营的大队人员便忙碌了起来，他们开始往前线运送物资——帐篷、炊具、主副食品、仪器、设备、测量工具，源源不断地从大本营运送而来。

1975年3月21日，随着各个工作组全部到位，就要在登山路线上逐级建设营地，为登山队和测绘队的成员们打好前站，在他们突击冲顶前，做好后勤保障工作。

王玉琨带领的小队又背上行装出发了，他们将要到海拔6000米处，建立一个"新家"。但随着海拔的不断攀升，行军中的王玉琨一行人都感觉到，这些在5400米营地背起来本可以承受的行李，此时变得越来越沉重。

一路艰难跋涉，小队好不容易到达了目的地，在海拔6000米以上，这里的一切完全变成了冰的世界，冰山、冰川、冰塔林、冰坡、冰裂缝、冰柱、冰洞、冰蘑菇，就连喝的水都是用冰化成的。

在这冰天雪地里，小队顾不上惊叹大自然的鬼斧神工，因为一场暴风雪忽然来袭。风雪中，固定帐篷的钢锥一次次被刮起，帐篷一次次被刮翻，茫茫冰川，漫天暴雪，大风穿过冰塔林，发出令人不安的呼啸。

　　这场暴风雪来势汹汹，王玉琨等人都知道，此时整个高海拔地区就只有他们小队里的四个人，势单力薄非常危险。但他们只能坚持与恶劣的环境搏斗，面对被吹翻的帐篷，不停地抢险，一刻都不能懈怠。因为一旦这唯一的屏障被吹走，独自守在这里的小队将孤立无援，后果将不堪设想。

　　就这样，小队的几名成员硬是一直奋战到天亮，这场暴风雪才稍微弱了下来，但谁也不敢休息，他们将帐篷搭好，马上返回了 5400 米营地。

　　王玉琨带领的建营小队，只是无数小队的缩影。

　　当时，各个小队在珠穆朗玛峰上一共要建立 11 个营地，每个营地都面临这样巨大的困难。这 11 个营地，每一个的功能也各不相同。

暴风雪中抢救帐篷

· 第二章 集结珠穆朗玛峰大本营（1972）·

暴风雪来袭

珠峰被暴风雪笼罩

队员们遭遇珠峰恶劣天气

超越极限——丈量珠峰纪实

6490米处气象监测

在6490米处，还有一处特殊的营地，叫作东绒布第五号控制点，而这个营地，有这一项极其特殊而又无比重要的任务，就是气象观测。

珠穆朗玛峰的天气瞬息万变，十分恶劣，前一秒还是晴空万里，后一秒就可能突发暴雪，或是刮起大风。也因此，很多事故都是天气引起的，比如突发降雪导致的营地被困；另外就是，坡度达到35°~50°，就很容易引发雪崩。

另一个危险，就是刮大风，大风很容易把人的能量吹走，特别容易出现冻伤。且刮风的直接结果就是吹雪，导致能见度特别低，人很容易迷路。

珠峰气象观测

珠峰气象观测是指为了精准实测珠穆朗玛峰北坡地区的气温、相对湿度、风速、风向和太阳辐射等数据，珠峰科考专家们陆续在珠峰北坡不同海拔建成并运行气象观测站，旨在进一步研究山地对大气环境的影响以及对高海拔冰川和积雪变化的监测。

东绒布第五号控制点

珠峰地区气候多变

多次血的教训，让所有登山人明白了天气预报的重要性，然而，珠穆朗玛峰地区的气候变幻无常，要做出精准的预报难度非常大。

攀登珠穆朗玛峰气象组的专家们逐渐摸索到，喜马拉雅山的问题主要是风，于是他们花了很多时间研究风怎么预报，甚至还专门跑去跟空军研究探讨，就是为了更快、更准地摸透喜马拉雅山上的风速变化规律。

为此，气象组组长高登义向指挥部提出：能不能每天在6490米放出6~8个探空气球，来探测气候变化？

要知道，当时探空气球很珍贵，就连北京气象局也只是每天放3个探空气球；而且在海拔如此之高的地方进行工作，对气象组队员们的体力也是一个巨大的挑战。

指挥部同意了他的想法。

高登义和组员开始了每天起早贪黑的气象数据统计和计算工作——分析、做预报、会商，并在每天凌晨4点钟之前向登山队领导汇报数据。这样，登山队就能知道今天到底能不能继续往上攀登了。

在如此高强度的工作下，只花了一个月时间，气象组就发现了珠穆朗玛峰地区风速变化的规律、掌握了气压高低的变化，这些宝贵的气象数据，就连外国科学家也啧啧称奇。

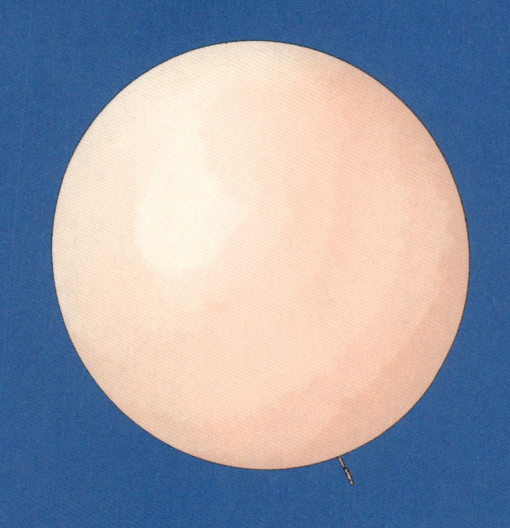

气象员在风雪中观测气象

气象员放探空气球

从1975年3月4日到达珠穆朗玛峰脚下，前站人员开始建设绒布寺大本营，到4月4日，珠穆朗玛峰上的11个营地全部建造完毕，10个测量点也全部到位待命。至此，营地建设、后勤保障、气象预报等各项准备工作悉数完成。

珠穆朗玛峰测量登山队的队员及西藏当地军民为此付出了无数辛苦和汗水，大家万众一心，将如此庞大复杂的系统工程建设就绪，只用了短短30天。

队员们接到命令，全体下撤至5400米前线指挥所营地休息。

接下来，珠穆朗玛峰测绘队将要派出一支分队，前往7050米的著名天险"北坳"进行重力测量工作，为不久后的冲顶作好最后的准备。

各观测点准备就绪

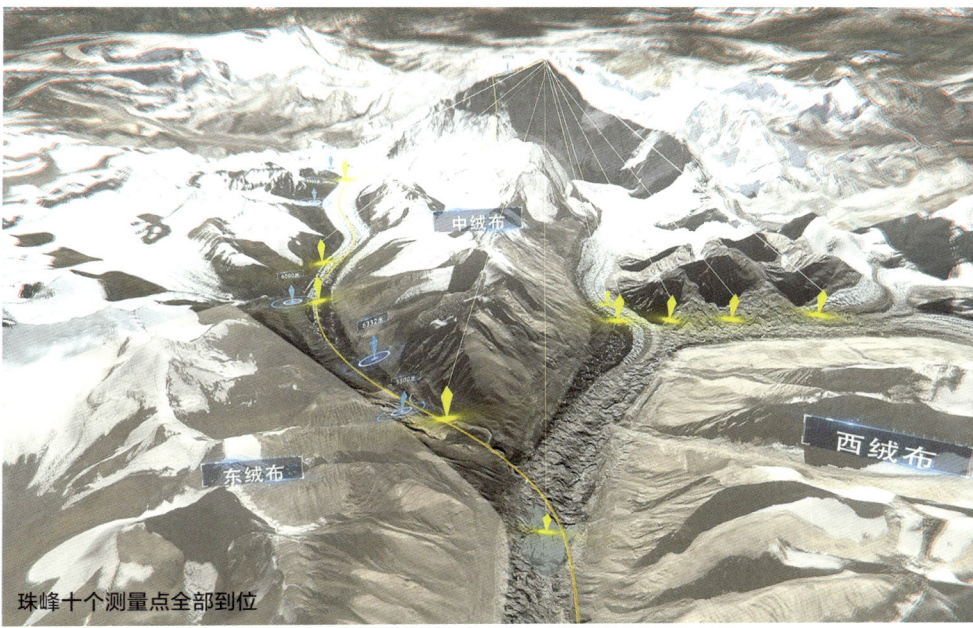

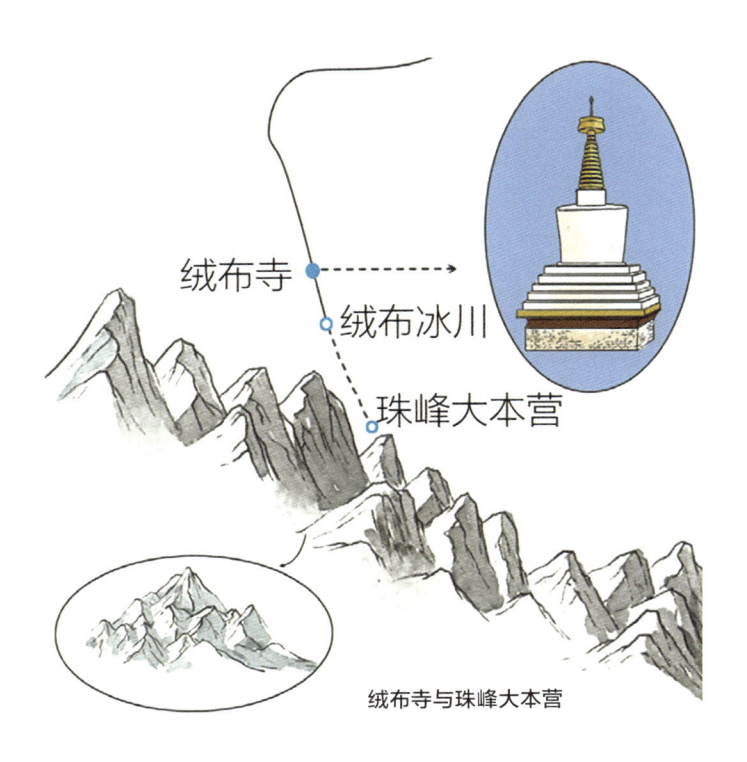

珠峰

东绒布　中绒布　西绒布

珠峰十个测量点全部到位

绒布寺与珠峰大本营

绒布寺大本营

绒布寺位于西藏日喀则定日县巴松乡南珠穆朗玛峰下绒布沟东西侧的"卓玛"山顶、绒布冰川的末端，海拔5154米，是世界上海拔最高的寺庙，也是一个富有地方特色的僧尼混居寺。因绒布寺距离5200米的珠峰大本营不远，且绒布寺新寺是游人观赏珠穆朗玛峰的最佳位置，所以人们也常用"绒布寺大本营"来代称"珠峰大本营"。

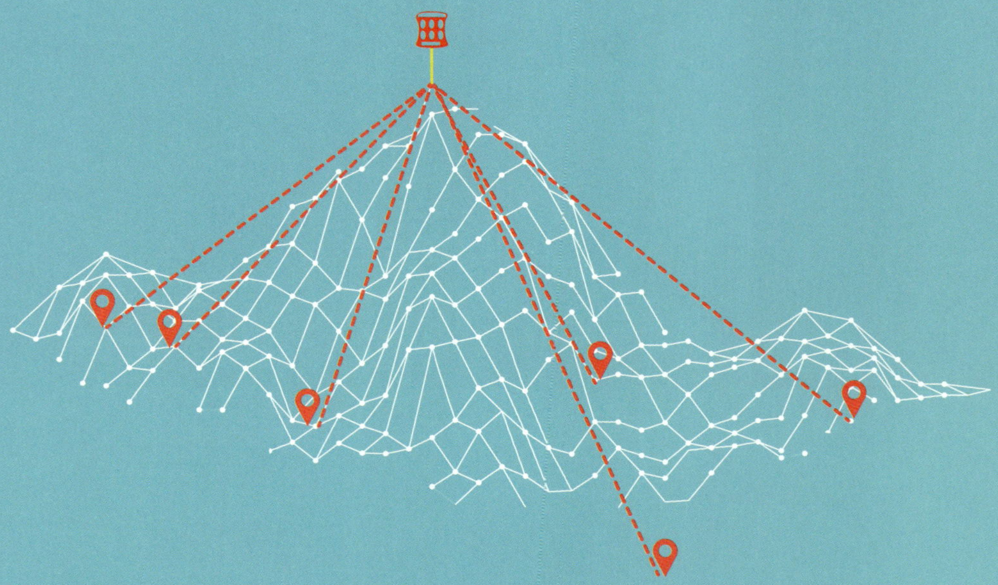

第三章

8848.13之谜

（1975）

从北坡攀登珠穆朗玛峰必经"第一道天险"——北坳，它有一面几乎与地面垂直的巨大冰壁，坡度大，冰面光滑，时有雪崩发生，攀登之难难以想象。测绘队员们能否顺利登顶？登顶路上还有哪些挑战和困难？珠穆朗玛峰首次精确测量的巨大难题，又能否顺利被攻克呢？

1975年5月27日14点30分，中国登山队成功从珠穆朗玛峰北坡登顶。

1975年7月23日，经过日日夜夜的严密计算和反复验证，中国向世界宣布了我国测绘工作者精确测得的世界最高峰——珠穆朗玛峰的海拔高程为8848.13米。

"第一道天险"脚下——7028米

1975年3月下旬,珠穆朗玛峰高程测量分队要赶在登山队员攀登珠穆朗玛峰前,完成三大冰川的三角点、导线点、天文点、重力点等测量工作,为珠穆朗玛峰顶部的交会测量做好前期工作。

然而,海拔6000米的珠穆朗玛峰营地风雪弥漫,恶劣的天气已经持续了四天四夜,这让队员们几乎寸步难行。

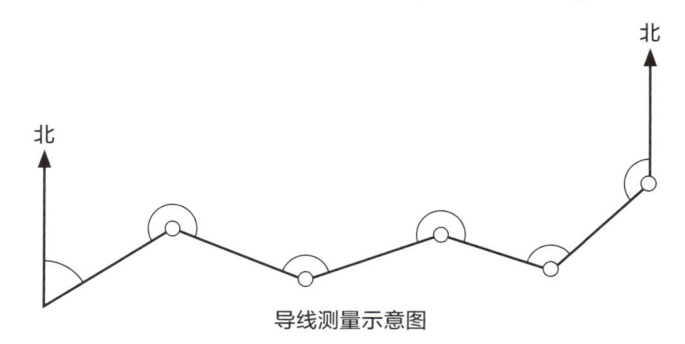

· 第三章 8848.13之谜（1975）·

导线测量示意图

导线点

导线点是几何大地测量学中的术语，大地测量需要在地面上选择一条适宜的路线，在其中的一些点上设置测站，采取测边和测角方式来测定这些点的水平位置，选择的测量路线就称为"导线"，导线上设置测站的点就被称为"导线点"。由于地形限制，导线一般成一条折线。

交会测量

交会测量是根据多个已知点的平面坐标（或高程），通过测定已知点到某待定点的方向或距离（或测定其竖直角），以推求此待定点平面坐标（或高程）的测量技术和方法。根据确待定的坐标，可分别称为平面交会测量、高程交会测量或空间交会测量。

珠峰风雪弥漫

珠峰营地风雪中的帐篷

风雪中努力攀登的测量队员

测量队员们扛着设备登山

超越极限——丈量珠峰纪实

时间紧迫，风雪渐弱之时，向上攀登的道路上当即出现了两个的身影，他们是负责珠穆朗玛峰北坳山脚重力测量的邵世坤和梁保根。

突然，梁保根瘫倒在地，持续的高山反应，让他突发胃痉挛，肚子疼痛难忍。离他不远处的队友邵世坤立刻发现了这一情况，马上赶往他的身边。

在风雪中抬头仰望，一道高耸的冰雪墙与二人遥相呼应，这正是他们此行的目的地——北坳。海拔 7028 米，高达 400 米，冰雪厚度 100 多米，是攀登珠穆朗玛峰的"第一道天险"。这里经常发生雪崩、冰崩，成百吨的冰雪不时地猛然坠落下来，成为历来登山者们致命的危险。

北坳为什么称为"第一道天险"呢？就是因为它没有石头，全是冰雪，而且还特别陡。最危险的地方就是暗裂缝，这些裂缝都不太宽，上面又结了一层薄冰，薄冰上面又下了一些雪，把它盖起来了，攀登者不知道情况，不小心踩上去，一旦掉下去就是几十米甚至一百多米，十分危险。

暗裂缝

暗裂缝是指冰川或冰体表面被浮雪覆盖的裂缝。这是因为冰川或冰坡上的冰体是依附于高低不平的地表之上的可塑性固体，由于本身运动以及重力、压力等作用，很容易形成各种裂缝。一般都在几十米，深者可达 100 米以上。有的裂缝已经显露，就被称为明裂缝。暗裂缝对人的安全威胁很大。

登山队员正在努力攀登　　冰裂缝上搭设梯子

冰川上有大小不一的裂缝和锯齿

超越极限——丈量珠峰纪实

登山者需要借助冰爪、绳索等工具进行攀登

· 第三章 8848.13之谜（1975）·

测绘新高度——7050米

　　看着远处的目的地，梁保根坚定意志，半个多小时以后，他的疼痛稍有缓解，两人继续背着沉重的仪器，一步三喘地向北坳脚下爬去，他们用冻得发僵的双手精心观测、仔细记录，顺利地完成了任务。

　　仅仅是到达7028米的北坳山脚，就让测量队员经历了生死考验，眼前这座400米高的北坳天险，又该如何逾越呢？

　　面对北坳这一难关，即便是再有经验的人也不敢掉以轻心。怀着惴惴不安的心情，北坳突击小组一早就各自绑好冰爪（装于高山靴底部，用轻硬金属制成，因类似猫爪而得名，主要作用在于行进中的固定和防滑），背起仪器出发了。

　　由于坡太陡，冰裂缝太多，突击小组8个人，在登山队教练的带领下，由尼龙阻绳通过胸绳挽的铁索，串联成了一体，每隔20米左右一个人，按着"之"字形斜切，迂回登坡。

　　绑上绳索后，队伍变得稳固了很多。尽管如此，队员们仍不敢掉以轻心，因为任何一个人的失误，都将引发滚雪球式的连锁反应。

登山者都会在鞋上紧绑冰爪　　陡峭的冰面考验着队员们的身体极限　　队员们通过绳索串联着向上攀登

085

紫外线非常强烈

强烈紫外线将队员脸部灼伤

队伍缓慢地行进着，后方的队员们严格执行行军要求，保证每一个脚印都踩到前面队员的脚印上。

强烈的紫外线经过冰雪反射，无情地灼伤着队员们的皮肤。不少队员的脸上已经破了皮，嘴唇裂了口，肌肉早已麻木。加上越往上越缺氧的情况，队员们觉得背上的仪器越来越沉。越来越陡、越来越滑的冰面，也在时刻考验着测量队员们的身体极限。

经过8个小时的奋力攀登，8位测量队员终于顺利登上了北坳，架好仪器，圆满完成了7050米处的重力测量和航测调绘任务，创造了当时测绘史上测量点高度的纪录！

测绘队员郁期青回忆：在7050米处，我们留了个影，

· 第三章 8848.13之谜（1975）·

队员圆满完成测绘

队员圆满完成测绘

珠峰

照片拍得不太清楚，但这个任务圆满完成了。我们搞测量，以前也爬过很多的高山，但这么高的山，我们第一次碰到，当然我们每走一步，就是一个新高度。

这一天，郁期青在自己的日记中写道：多年的心愿实现了，为测绘史上创立了一个新的高度。二十年的测量生活，最快乐、最幸福的日子，莫过于今天。

然而，这份快乐是郁期青用生命健康换来的，连续的高原作业让他体力透支，患上了重感冒，并引发了肺水肿和胸膜炎并发症。这是许多人初抵高原时常见的突发急症，必须尽快抢救。

087

郁期青体重直降70斤

$\mathbf{昏}$迷不醒的郁期青被送往中国人民解放军第八医院，在半个多月的治疗期间，他一下子变得骨瘦如柴，体重由 70.5 千克直降到 35 千克。

郁期青生病期间，他的队友们仍然在珠穆朗玛峰奋战，第一阶段的测量任务已经全部完成。

然而这只是最基础的工作，想要完成珠穆朗玛峰测量，必须将红色觇标立于珠穆朗玛峰峰顶部后，再从 10 个交会点同时进行观测。

肺水肿

肺水肿是肺部血管外腔隙中过量积聚液体的现象。液体的积聚会直接影响肺部换气，从而导致呼吸衰竭甚至死亡。正常肺泡壁中的毛细血管周围只有极少量液体，对气体交换的阻力极小。

正常情况下，毛细血管内皮有一定的通透性，自血管逸出的少量液体不会进入肺泡，而是及时被淋巴回收。但病理情况下，毛细血管周围有液体积聚，不仅增加了气体运动的距离和阻力，还会降低肺部运动的顺应性，这两者都导致呼吸困难；同时液体还可进入肺泡，造成单个肺泡一一被充填，截断气体交换，进一步加剧呼吸困难。

· 第三章 8848.13 之谜（1975）·

队员们在珠峰奋战

089

冲击峰顶首战失败——8600 米

在珠穆朗玛峰地区，往上行进一米便如登天，何况是一鼓作气到达峰顶呢？

1975 年 5 月 4 日，珠穆朗玛峰大本营，时年 42 岁的邬宗岳受命带领一支由二十多人组成的突击队冲击峰顶。

突击队从领导手中接过测量用的红色金属觇标和五星红

· 第三章 8848.13 之谜（1975）·

旗云

旗云是珠穆朗玛峰上的一种奇观，指沿山坡上升的气流将冰雪升华的水汽带到山顶附近凝结在背风面形成的云体，因云体随风飘移，就好像挂在峰顶的旗帜一样，故名"旗云"。人们可根据旗云飘动的位置和高度，来推断峰顶风力的大小。如果旗云飘动的位置越向上掀，说明高空风越小；越向下倾，风力越大；若和峰顶平齐，则风力约有九级。故旗云也有"世界上最高的风向标"之称。

旗云

旗，宣誓"不怕牺牲，排除万难，争取最后的胜利"。这无疑是一次壮行。同时等待突击队员们的，也将是前所未有的考验。

在突击队冲顶的这几天，珠穆朗玛峰顶部的旗云如万马奔腾，急速地自西向东奔去。海拔7000米以上的天气也发生了巨大的变化，十级以上的大风使队员们行走艰难。

突击队们宣誓

突击队员中的女队员

队长邬宗岳拿着突击队中唯一的一张地图，带领队员们小心翼翼地向前行军。除了领队工作，邬宗岳还需要用摄像机记录整个登顶过程。

在海拔 8200 米艰难攀爬时，珠穆朗玛峰登山队队员兼教练侯生福回忆道：马上就要到突击营了，邬政委说你们先走，我在下面把你们的镜头拍下来。队员们就说，能行，那我们先走。我们在山上行军，是一步也不敢停的，一停就累得没办法继续，就马上会睡着那种。

也因此，等到队员们都快到突击营地时，回头却已经看不到邬宗岳的身影了。

侯生福说：我估计那天邬政委怕暴风雪来把背包吹走了，把他的背包放在两个岩石缝里夹起来后，给大家拍完视频画面，坐那稍微休息一会儿就起不来了，人就昏迷过去了。

邬宗岳的失踪让突击队员们万分焦虑。晚上 9 点左右，到达突击营地的队员立刻向大本营汇报了这一突发情况，大本营传来指令，无论如何，一定要找到邬宗岳！

队员们一边用手电到处寻找邬宗岳的踪影，一边大喊"邬政委，马上到营地了，快上来吧！"手电没电了就冒着冻伤的危险，点燃鸭绒背心照明，但始终没能得到一点儿回应。

珠穆朗玛登山者来说危险与挑战并存

超越极限——丈量珠峰纪实

沉重的气氛弥漫在珠穆朗玛峰8600米的突击营地。时间一分一秒地过去，离5月7日冲顶的最后期限只剩两天，突击队决定继续冲顶。但由于全队唯一的登顶路线地图在失踪的邬宗岳身上，13名队员在向上攀登的过程中不幸迷路，更加糟糕的是，此时的突击队已经"弹尽粮绝"。

极度疲劳的队员们不得不在大好的登山天气条件下撤下山来。丧失了难得的登顶机会，又失去了一名队友，队员们的心情沉入了谷底。

珠峰云雾

·第三章 8848.13之谜（1975）·

突击队出师不利，北京有关部门立即作出指示：千方百计及时为登山队补充足够的食品、蔬菜、水果和一切必要物资。

按照指示，相关部门马上安排了星夜行动。当时，北京的国营菜店早已关门，相关领导决定，将北京各菜店次日要供应的水果、蔬菜和外地调运的物资全部集中起来，特批军用飞机次日空运到日喀则机场，然后快速运到珠穆朗玛峰的脚下。

这给了测绘队员们很大的鼓舞。

突击队不幸迷路

突击队出师不利

突击队员情绪低落

物资紧急运送中

超越极限——丈量珠峰纪实

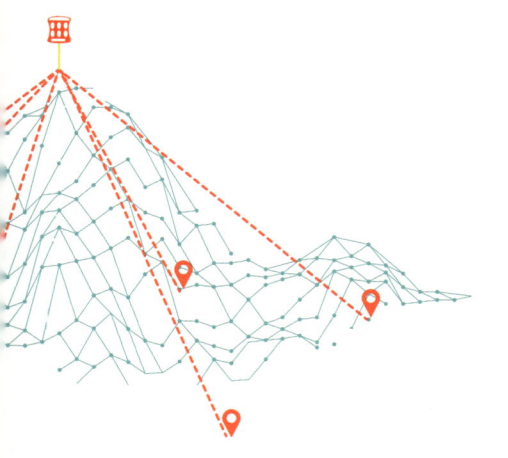

跨越"第二台阶"—— 8700 米

在大本营休整一段时间后，1975 年 5 月下旬，登顶突击队决定再次向珠穆朗玛峰峰顶进发。

从登顶所需的气候条件来看，5 月下旬已经是登顶珠穆朗玛峰最后的窗口期，时间紧迫，压迫着每一位突击队员们的神经。

如果这一次登顶失利，测量珠穆朗玛峰的任务也将面临失败。

已经在各交会点等待了 20 多天的测量队员早就迫不及待，终于等到了冲顶的信号。他们严阵以待，不停地在经纬仪中寻找着突击队员们的位置，然而，突击队员们却迟迟没有出现。

此时，顶着强烈的高空风，队员们一步一停、两步一停地艰难向上跋涉在陡壁上。一个多小时过去了，回头看看走过的路，垂直高度才仅仅上升了 10 米。

什么时候才能到达顶峰？队员们同样心急如焚。在沉默的行军中，登顶珠穆朗玛峰的最后一道难关，摆在了他们的面前。

在焦急中等待的测绘队员

096

第二台阶

第二台阶图示

努力向上攀爬的队员

珠峰

登山队从北坡登珠峰

队员们奋力匍匐攀登

队员刘连满甘当人梯

这道陡坡，便是珠穆朗玛峰的"第二台阶"，坐落在海拔8680米到8700米之间。这里是北坡登顶的必经之地，它是一道高达20多米的陡峭岩壁，几乎找不到任何便于攀爬的支撑点。

1960年，中国登山队首次攀登珠穆朗玛峰时，队员刘连满甘当人梯，让队友踩着自己的肩膀向上攀登，花费了三个小时，才跨越了被西方人认为不可逾越的"第二台阶"。

为此，队员屈银华、王福州二人手脚严重冻伤，实力超群的刘连满因做人梯底座体力消耗过大而放弃登顶。

中国队员首次登顶珠峰

队员手脚严重冻伤

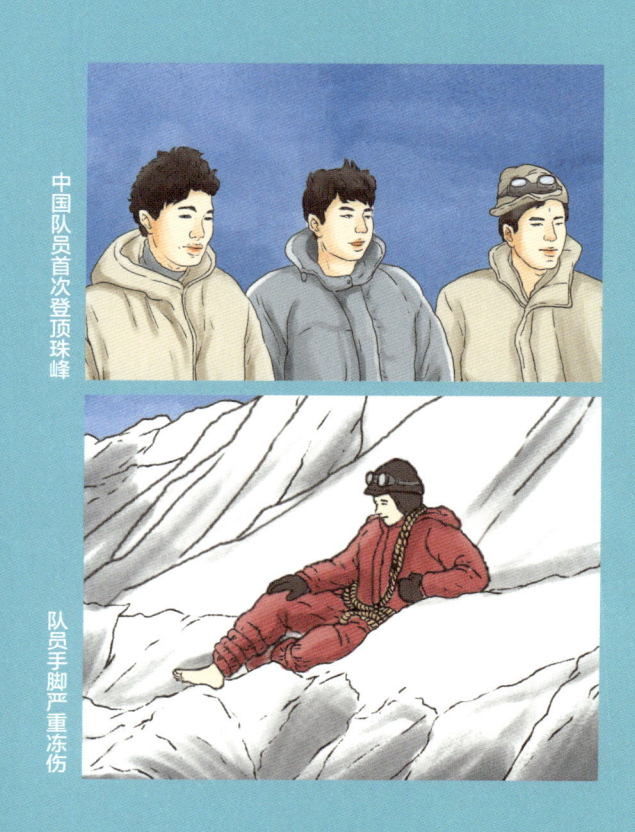

冻伤

　　冻伤是寒冷损伤的一种，是低温引起的炎症，指在寒冷的作用下，局部组织发生冻结后引起的病变。冻伤好发于身体末梢部位，如手、足、耳以及面部等，因为这些部位暴露在体外，表面积较大，而皮下组织少，保温能力差且热量易发散，这就导致体表的血管痉挛，血流量因此减少，从而造成组织缺血缺氧，细胞受到损伤而坏死。冻伤的基本治疗目标就是迅速复温，防止进一步的冷暴露以及恢复血液循环。

攀登者借助提安全梯爬过冰缝或陡峭处

第三章 8848.13 之谜（1975）

吸取前人经验，这次，突击队员们决定：为了方便攀登，他们要在这个关口架设一架金属梯！

这架金属梯长约 6 米，分成 5 节。第一结组的四位登山队员需要在岩石缝里打下 4 个岩石锥，再用尼龙绳把梯子的 4 个角固定好。开凿时，身边的石头不停滑落到万丈深渊。他们只能更加小心翼翼地行动，在海拔 8700 米的缺氧环境下，用了整整一天才将金属梯固定在这条死亡线上。

建梯子不容易，登梯子同样艰难。一二十个梯格，5 名突击队员整整花了 40 多分钟才全都上去，上去后喘半天气都走不了。

绒布河边，跨越第二台阶的消息很快传遍整个大本营。至此，第二台阶"不可逾越"的传说被终结了。

从这一天之后，来自世界各地的约 1300 名登山者通过这一梯子，成功从北坡登顶地球之巅，这架梯子也被冠名为"中国梯"。

跨越"第二台阶"后，距离峰顶实际攀登路线还剩不到 3000 米，空气越来越稀薄，突击队艰难地跋涉在陡峭的山脊上。

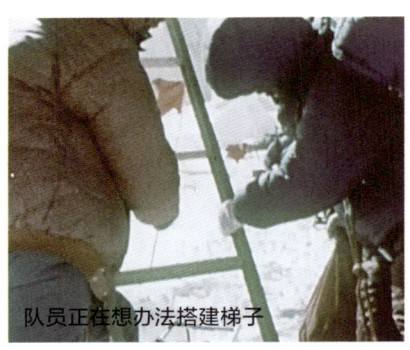

队员正在想办法搭建梯子

中国梯

队员们正在艰难冲顶

大本营密切关注队员们的消息

超越极限——丈量珠峰纪实

珠穆朗玛峰之巅竖觇标
——8848 米

等待了两个多小时后，大本营终于收到了来自峰顶的消息——9 位队员全都登上了珠穆朗玛峰之巅。时间正是 1975 年 5 月 27 日 14 点 30 分，中国登山队成功从珠穆朗玛峰北坡登顶。

这张队员们高举着国旗的照片，记录下了珠穆朗玛峰之巅的光荣一刻；而照片的拍摄者，正是 9 名成功登顶者中唯一的汉族登山运动员——侯生福。

为了更加精确地测量珠穆朗玛峰高度，突击队员们用三根尼龙绳连接觇标，向三个方向拉起，将觇标牢牢地竖起来。

觇标竖起来时，测量队员的战斗才算真正开始了。十个交会点的测量队员将仪器瞄准一个方向——珠穆朗玛峰顶部。

测绘过程并非一蹴而就。

因为天空中不时飘过云彩，导致测绘队员看不到峰顶的觇标；然而等一会儿云彩消失，觇标露出来了，队员们刚准备好要测绘了，云彩又来了，就好像有个调皮的孩子在不断跟队员们捉迷藏一样。就这样，有的小组一直等到下午五六点钟才测到数据。

队员成功登顶珠峰

珠峰

超越极限——丈量珠峰纪实

队员圆满完成测绘

测量分队正在观测珠峰

测绘队员瞄准峰顶测绘

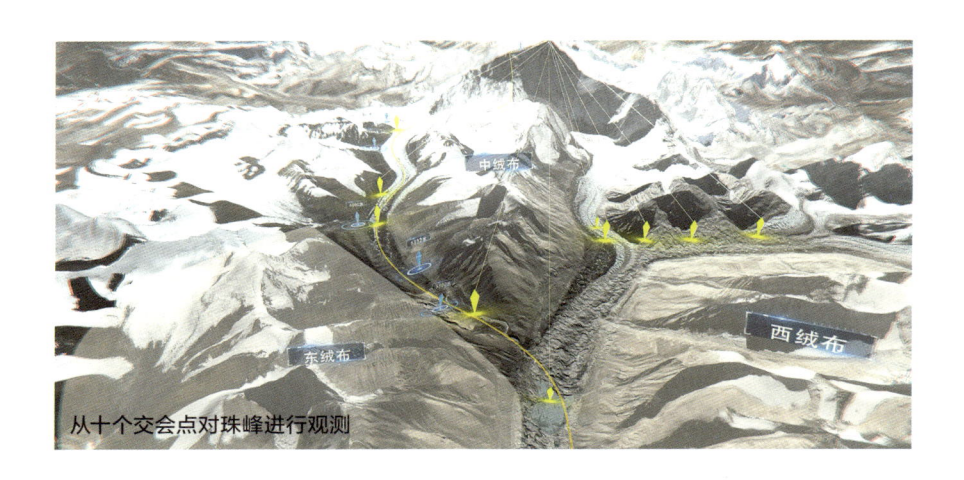

· 第三章 8848.13之谜（1975）·

从十个交会点对珠峰进行观测

正如测量队员邵世坤说：最怕遇到刮大风，测量觇标一下子就吹没了，就交会不成了。而且交会测量不能只测一次，要保证数据的精准，就需要测多组数据，所以我们第二天又上到交会点测了两三次。这对人体力的挑战真的是极大，常人不可想象。

连续三天两夜，队员们争分夺秒，对珠穆朗玛峰进行三角交会观测和垂直直角观测，掌握了大量珍贵的第一手数据，为珠穆朗玛峰高程计算提供了有力的支撑。

珠穆朗玛峰测量队载誉而归，从拉萨到成都再到北京，一路上鲜花簇拥，欢声不断。1975年6月28日，中央领导在首都体育馆再次接见了全体登山队员。

而此时，负责重力测量的梁宝根正在押运物资返回的路上，冲击北坳的郁期青仍在医院抢救，而珠穆朗玛峰峰顶突击队队长邬宗岳已经在冰雪中长眠。这次伟大的测量背后，是每一位队员艰苦卓绝的付出。

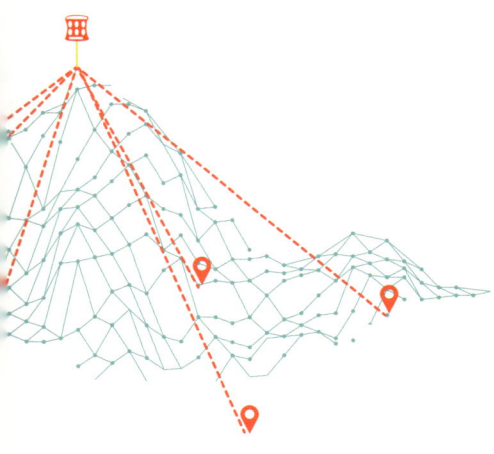

确定珠穆朗玛峰高程
——8848.13 米

1975 年 7 月 23 日，经过日日夜夜的严密计算和反复验证，中国向世界宣布：我国测绘工作者精确测得世界最高峰——珠穆朗玛峰的海拔高程为 8848.13 米。

这一精确数据一经公布，很快就得到联合国教科文组织和世界各国的承认，成为世界地图集和教科书上的权威数据。

40 年后的 2015 年，这些曾经给珠穆朗玛峰量身高的人收到了一封特殊的回信。这是总书记给国测一大队老队员老党员的信：

几十年来，国测一大队以及全国测绘战线一代代测绘队员不畏困苦、不怕牺牲，用汗水乃至生命默默丈量着祖国的壮美河山，为

· 第三章 8848.13之谜（1975）·

珠峰

珠峰高程正在计算中

计算工作紧张有序地进行

珠峰海拔高程公布

祖国发展、人民幸福作出了突出贡献，事迹感人至深。

　　山就在那里，只要往上攀，总能登顶。

　　1975年珠穆朗玛峰登山队员与测量队员们将生死交给珠穆朗玛峰的生命禁区，用炽热的家国情怀，让五星红旗飘扬在了珠穆朗玛峰的最高处，在世界测量史上留下了他们的荣耀与光芒。

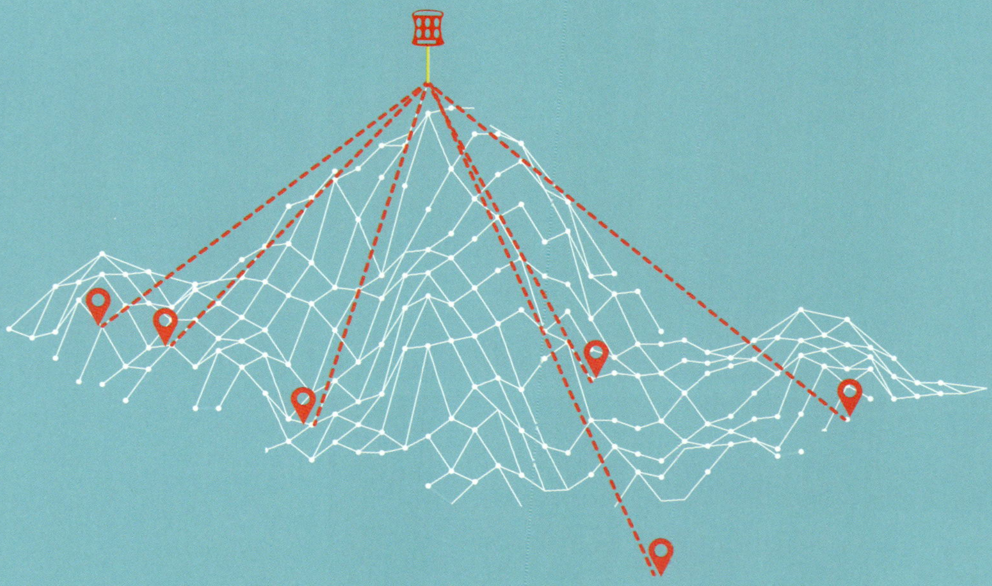

第四章
决定重测最高峰
（2005）

自 1975 年中国精确测得珠穆朗玛峰高程 8848.13 米的数据后，世界各国对珠穆朗玛峰进行过不下十几次的测量，每次测量的结果都各不相同。

2005 年，中国作出决定，重新测量珠穆朗玛峰！这次艰难的测量任务，测量队员会面临怎样的挑战？他们又将经历怎样的生死一线呢？

珠穆朗玛峰

· 第四章 决定重测最高峰（2005）

珠穆朗玛峰复测动因（2005）

1999年11月11日，新千年来临之际，美国国家地理杂志举办了一场年会，这次集会公布了一则重磅消息：最新的珠穆朗玛峰高程测量结果为8850米！

此前的1975年，中国第一次对珠穆朗玛峰进行了精确的高程测量，得出的数据为8848.13米，这个数据已经成为世界公认的权威结果。而此时，美国公布的8850米这一新数据，再次引发了关于珠穆朗玛峰高度的争议。

珠穆朗玛峰到底有多高，历来为世人关注。从1975年后，各国对珠穆朗玛峰共进行过十几次测量，每次测量的结果都各不相同：

1987年，意大利人阿迪托·德希奥测得珠穆朗玛峰高程为8872米。

1992年，意大利科学家乔治·普瑞迪带队登顶珠穆朗玛峰，测得珠穆朗玛峰高度为8846.50米。

1999年5月，美国展开"千禧年珠穆朗玛峰测量"计划，并在年底的美国国家地理学会的年会上宣布测量结果为8850米。

当时，由于美国国家地理学会采用了最先进的测量技术手段，因此世界上开始普遍使用8850米这一来自美国的数据。

珠峰高程之争

超越极限——丈量珠峰纪实

珠穆朗玛峰的形成是印度板块与欧亚板块相互作用的结果，它的高度随着地壳运动和自然环境的变化而变化。

重新测量珠穆朗玛峰更新、更准确的高程数据，不仅可以研究我国大陆周期性地震活动的原动力，还可为冰川监测、生态环境保护等方面的研究提供第一手资料。因此，随着科技水平的进步，中国人自主重测珠穆朗玛峰势在必行！

当然，珠穆朗玛峰是我们国家和尼泊尔的一个界峰。作为一个主权国家，我们有责任和权利，也有义务，向全世界发布珠穆朗玛峰最科学的高度。当有疑义或科学技术发生重大突破的时候，我们要对珠穆朗玛峰高程进行科学测量。

经过多方讨论，中国最终决定于2005年对珠穆朗玛峰进行复测。

中国决定复测珠峰

珠穆朗玛峰

地震

地震是指地球内部介质（岩石）在力的作用下突然急剧运动而破裂，产生地震波，从而引起一定范围内地面振动的现象。地震是最为严重的自然灾害之一。介质破坏开始的地方称震源。震源在地球表面的垂直投影称震中。当地震很强烈时，地球介质破坏区的尺度可达几十千米甚至几百千米，称震源区。破坏性地震的地面振动最剧烈处称极震区，极震区往往是震中所在地区。大多数地震在地面引起的震动只有用灵敏的仪器才能察觉。

地震构造示意

超越极限——丈量珠峰纪实

· 第四章 决定重测最高峰（2005）·

复测珠穆朗玛峰队员选拔

2004年12月8日，"2005年珠穆朗玛峰高程复测研讨会"在西安举行。

会议决定本次珠穆朗玛峰测量任务，依旧由1975年执行珠穆朗玛峰测高任务的国家测绘总局第一大地测量队承担。

不仅因为国测一大队有相关经验，还因为从技术能力上来讲，在整个大地测量领域，国测一大队的技术装备和工种都是最全的。

国测一大队曾多次测量珠穆朗玛峰，然而，尽管拥有丰富的测量经验，队员们依然感到压力极大。

因为在此之前，各国的测量队已经在珠穆朗玛峰测量上展现世界领先的科研水平，而中国珠穆朗玛峰测量队伍这一次的目标，是获得最为权威、精确的珠穆朗玛峰高程新数据！

想要实现这一目标，仅仅依靠经验是不够的，不能重复1975年的老路！

1975年，中国登山运动员登上了珠穆朗玛峰峰顶，竖立起了觇标，并测量了峰顶积雪深度，然而，由于登山运动员并非专业测量人员，对于仪器设备的操作难免产生误差。

西安

2005年珠穆朗玛峰高程复测研讨会

超越极限——丈量珠峰纪实

为了解决这个问题，国测一大队决定让测绘队员和登山队一起冲刺峰顶。

问题来了，即便是专业登山运动队员，也鲜少能够攀上珠穆朗玛峰峰顶，更何况是从未受过相关训练的测绘队员呢！

考虑到任务的困难程度，这次复测珠穆朗玛峰，对于测量队员选拔也变得尤为严格。

登山安全绳索

登山运动

登山运动，这里特指登山探险，即人们在一定器械和装备的辅助下，以克服各种恶劣的自然条件，登上高峰绝顶为目标而进行的登山运动。

往往，登山探险运动所面对的山峰为海拔三四千米以上并覆有终年积雪的山峰，它的竞技性表现在运动员（/队）与恶劣的大自然环境的抗争，是人的生命力同严酷的生存条件之间的较量。运动员面对的是高山缺氧、强风低温、陡峭地形以及随之而来的各种困难和危险。

因此运动员不仅要求熟练掌握攀登岩石、冰雪等各项登山技术，还要尽可能具备识别高山环境中的各种危险因素及遭遇危险时的清醒应变能力。运动员在高山上的活动，也是在特定装备器材（如安全绳、登山靴、氧气、冰镐等）辅助下进行的。

攀登者

国测一大队队员任秀波

国测一大队四位登顶队员确定

2004年年底,国测一大队开始筹备重测珠穆朗玛峰事宜,然而登顶珠穆朗玛峰测量是一项极其危险的任务,从1896年开始陆续有1500多名登山运动者攀登珠穆朗玛峰,其中有300多人遇难。因此,国测一大队在选择登顶测量队员时,就提出了一个特殊的要求:独生子女和已结婚成家的人都不予考虑。倘若最坏的情况发生,也不至于让一个家庭失去依靠。

当时刚刚加入国测一大队,成为登顶候选测绘队员之一的任秀波,面对这个要求犯了难,因为他正准备和女朋友登记结婚、

登山运动极具危险性

举行婚礼仪式。

但是机会难得，珠穆朗玛峰测量是很多人一辈子都遇不到的，对所有测绘人员来说更是一次挑战和肯定。如果能够参加这样的项目，那就说明个人的技术能力、思想政治素质，甚至身体状态都很不错，这本身就是对个人的认可。

面对两难的局面，任秀波和家人商量，做出了推迟婚期的决定。

怀着测量珠穆朗玛峰的梦想和壮士断腕的勇气，任秀波顺利成为国测一大队四位登顶队员之一。

北京怀柔 国家登山队训练基地

攀登技巧训练　　引体向上　　跑步

· 第四章 决定重测最高峰（2005）·

跳绳

仰卧起坐

俯卧撑

两个月高强度体能训练

对于一名登山运动员而言，体能达标是基础条件，而想要攀登珠穆朗玛峰则更是要接受常人难以想象的训练。

2004年12月，任秀波、刘西宁、柏华岗和白天路这4位入选登山队的测量队员，开始在北京怀柔国家登山训练基地接受系统训练。只有通过考核，他们才能最终进入珠穆朗玛峰登顶测量队。

然而，任秀波等4名测量队员，此前从未接受过系统的登山训练，第一次登山就要挑战世界最高峰，这于他们无疑是巨大的考验。

说起那段训练经历，任秀波记忆犹新：刚开始我们在做训练的时候，就是最普通的跑步，然后是各种器械、非器械的课目，比如仰卧起坐、俯卧撑、引体向上、跳绳等。当然还有攀登技巧以及各种绳索的运用等，在什么条件、什么环境下，用什么样的绳结，用什么样的保护方式。

别看这些项目很简单，但练完一天下来，上下楼梯都走不了了，得扶着扶手一步步挪；吃饭的时候手拿筷子一直是抖的，饭都递不到嘴里边。

每天重复性开展高强度的跑步、跳绳、仰卧起坐等训练，尽管是些看似普通的训练课目，却能很好地提高队员们的爆发力和耐久力，这些都是登山运动员必备的身体素质。哪怕队员们叫苦不迭，面对来之不易的珠穆朗玛峰测量机会，没有一个人甘心放弃，队员们顺利完成了登山的基础训练。

为了更好应对珠穆朗玛峰地区常年高寒缺氧的恶劣自然条件，队员们提前展开了针对性训练。

2005年1月春节刚过，珠穆朗玛峰登山测量队的近40名队员进驻秦岭北麓，分两处展开野外综合集训。每天清晨测量队员就要开始进行负重拉练、攀岩以及仪器设备的使用演练等综合性训练。

依靠着坚韧不拔的精神，这些从未接受过系统登山训练的测绘工作者，在短短两个月内，通过了登山训练的考核，准备着向珠穆朗玛峰进发。

冬季秦岭

专业测绘训练

秦岭北麓

攀爬训练

野外拉练

西藏珠峰

· 第四章 决定重测最高峰（2005）·

测量装备新鲜出炉

与此同时，技术保障团队也在积极筹备各项测量装备。2005年3月初，一枚新鲜出炉的觇标开始接受专业技术人员的检验。

觇标对珠穆朗玛峰测量而言至关重要，只有觇标在峰顶竖立之后，测量人员才能展开作业，对珠穆朗玛峰高程进行测量，因此，对于觇标的设计和功能必须确保万无一失。

2005年的这次测量，依旧采用三角测量法，大概高度2.5米，竖立在山顶后，有差不多1米是插在雪下面的。

国测部高级工程师陈现军介绍，新觇标上的测距棱镜，分别安了6块。它们是分成两排安在觇标的标笼上面，特点就是，不管你从什么方向测到这个棱镜，它还能原方向反射回去。

不过，想要更加精确地测得珠穆朗玛峰高程，除了觇标之外，测量人员还需要解决一个问题。

1975年，中国公布的珠穆朗玛峰高度为8848.13米，这个高度是用所测的峰顶高度减去峰顶表面的积雪厚度后得出的。当时是用一个金属杆用力插进雪层直到插不动为止，然而，阻挡金属杆的可能是坚硬无比的冰冻层，而并非岩石层。

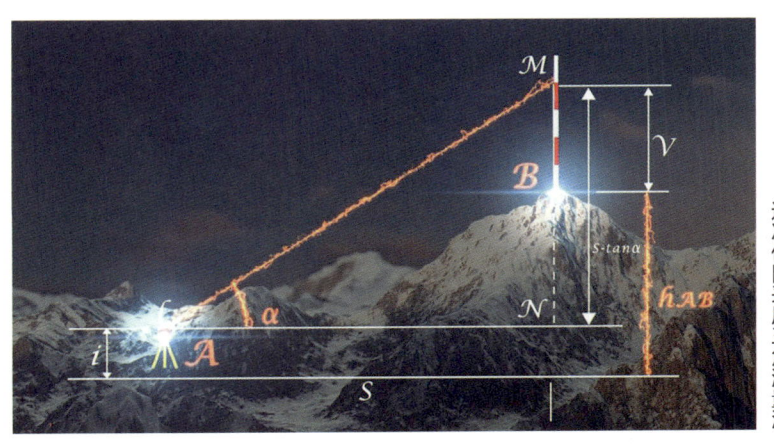

觇标上的棱镜

这次依旧采用三角测量法

125

因此，需要准确测得珠穆朗玛峰峰顶冰雪深度，才能获得更精确的珠穆朗玛峰高程数据。

针对峰顶雪深测量问题，本次测量技术团队特别设计了一款雪深雷达探测仪，有了它便可以更加准确地测得珠穆朗玛峰峰顶岩石面的高度。

测绘专家们对雷达作了一些改装，主要是增加了一台GPS（全球定位系统）仪器。这样，探测仪被登山队员带到峰顶后，在观测过程中，人们只需按下开关，就能既测量了雪深，又把整个山顶的形状都确定下来。

经过近半年的筹划，3个多月的仪器装备的准备，两个多月的技术和体能集训，本次珠穆朗玛峰复测任务已经万事俱备。

雷达探测仪既能测量雪深也能确定山顶形状

全球定位系统

　　全球定位系统的英语缩写为GPS，由美国研制、运行、管理的基于卫星星座的无线电全球定位系统，由卫星星座、地面控制网站和用户设备三部分组成。卫星星座由24颗卫星组成，布置在间隔均匀的6个轨道平面的近圆轨道上，每个轨道4颗卫星，在全球范围内提供连续的导航信息和精确的时间信息。用户采用地面接收终端接收在轨卫星发射的无线电信号，并解算出接收终端持有者所在的位置信息、精确的时间和速度。

卫星

为挺进西藏做基础数据采集

2005年3月10日清晨，位于西安的国家测绘局第一大地测量队大院内，大家做着出发前的最后准备，将测量装备和所需物资一一清点装车。

5月才是珠穆朗玛峰登顶的最佳季节，为什么队员们提前这么久就出发了呢？因为要计算出珠穆朗玛峰的高程，前期还有很多数据要采集，国测队因此把藏北珠穆朗玛峰地区的测量活动提前到3月。

藏北高原

车队在荒原中行进

藏北高原，远处是连绵起伏的雪峰，脚下是亘古苍茫的荒原，平均 4500 米的海拔和稀薄的氧气让这里成为生命禁区。高耸的珠穆朗玛峰，正处于在这片荒原包围之中。

国测队在这里挑选了 80 个观测点，进行 6 轮联机观测，为日后精确计算珠穆朗玛峰高程提供基础数据。经过近半个月的长途跋涉，车队到达了目的地。

超越极限——丈量珠峰纪实

· 第四章 决定重测最高峰（2005）·

海拔4800米的五道梁环境十分恶劣，是一道鬼门关，关于这里有一个顺口溜，"到了五道梁，不死都喊娘"。

这里的土壤含汞量较高，导致植被较少，空气中的含氧量很低，再加上地处高原中的小盆地，稀薄的空气更加不流畅，高山反应在这里也更加严重。

依靠着强大的意志，队员们克服着高山反应带来的巨大痛苦，任何一个人都不敢掉队，因为在接下来的观测中，每个人都有必须完成的任务。

2005年3月27日，珠穆朗玛峰测量队的6个小分队开始进入藏北无人区腹地，在近60万平方千米内的措勤县、改则县、尼玛县、申扎县等地的6个观测点同步展开GPS联机观测。

6个点同时与卫星连接，展开观测，将得到更加精确的青藏高原板块变化数据，进而为珠穆朗玛峰高程测量提供数据支持。

按照最初的计划，本次测量行动应该在3月29日展开，但是队员们在深入藏北无人区的过程中，却遭遇了一系列问题。

珠峰山路崎岖

六个小分队深入藏北无人区腹地

藏北高原人迹罕至

在东巧东地区没能找到观测点

测绘人员徒步寻找点位

成功找到点位联机 GPS 测量

5 瓶水 4 个人用了 5 天

在极端条件下坚持工作的测绘人员

藏北无人区的生死测量

藏北东巧东点位，海拔高达 4800 多米，1998 年测量人员曾经在这里埋设过观测点。然而，王新光所在的测量小组按照点位记载到达这里时，却发现找不到点位了。

时间紧迫，所有人又赶往第二个预备点寻找。此时的藏北高原，白天气温也在零下十多摄氏度，队员们弃车徒步，仔细巡视每一寸土地。经过将近 10 个小时的寻找，下午 6 点，队员们才找到一个标志物。

可是当队员准备做饭时，意想不到的问题出现了。根据点位日志上的记录，在东巧东观测点附近是有一条小河的，所以测量人员在到达这里之前，并没有储备充足的饮用水。

但是，测量小组这次是 3 月来的，正处于冰冻期，这里连个冰碴子都没有，怎么办？找到点位之后，测量队员还将在这里进行 48 小时的联机观测。加上寻找下一个点位的时间，差不多需要 5 天。

队员正准备做饭

超越极限——丈量珠峰纪实

队员们徒步测量近 500 千米

5瓶水，4个人要使用5天的时间。身处荒原，已经没有任何办法可想，队员们只能咬牙坚持，不到极限绝不多喝一口水，队员们就这样扛了5天时间。在无人区，准备稍有不足，就很可能有生命危险。

就这样，6个测量小分队齐头并进，没有任何一个人掉队，终于完成了GPS测量组前期测量任务。

与此同时，另外一个测量组运用传统水准测量法对珠穆朗玛峰展开了第二阶段的测量工作，也就是对珠穆朗玛峰的直接测量。

水准测量小组分别通过四条路线，把高度向珠穆朗玛峰推进，徒步测量距离近500千米，相当于从北京到济南的距离。

在近一个月的时间里，GPS测量组和水准测量组的30多名队员穿越了藏北无人区和昆仑、唐古拉、喜马拉雅、冈底斯等藏区大山，获得了大量珍贵数据，为珠穆朗玛峰高程测量和计算奠定了坚实的基础。

2005年4月11日中午，2005珠穆朗玛峰测量队到达海拔5200米的珠穆朗玛峰大本营；4月13日上午，珠穆朗玛峰大本营测量营地举行了隆重的升旗仪式，标志着2005珠穆朗玛峰测量开始进入新的阶段。

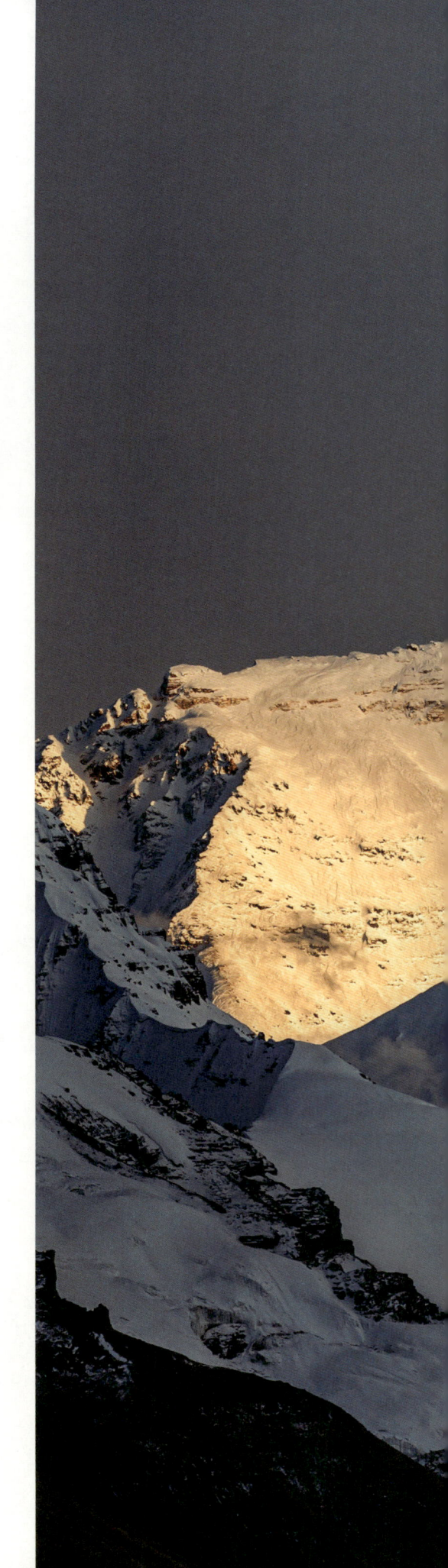

珠峰

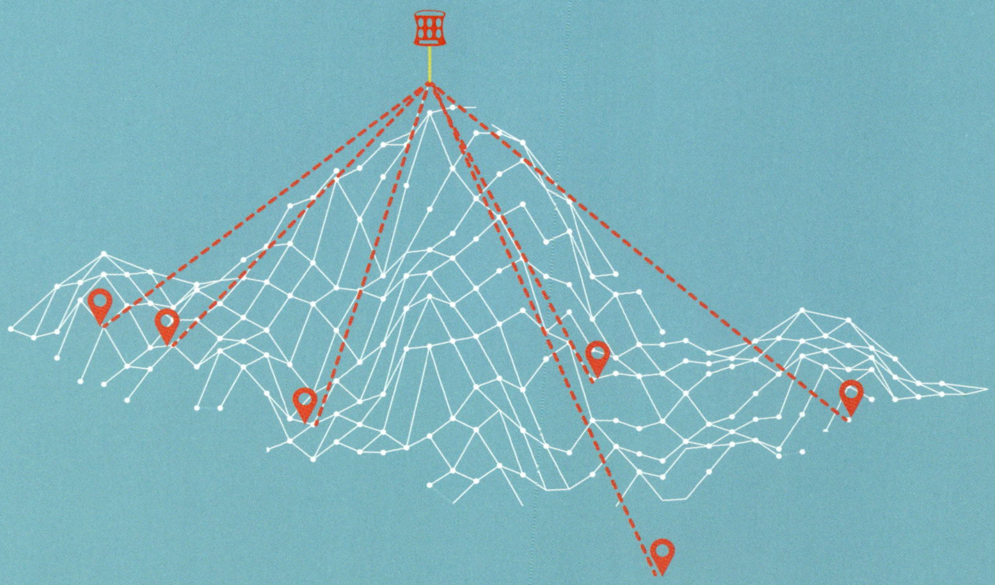

解密新高度
（2005）

第五章

2005年，一支由近40人组成的队伍齐聚珠穆朗玛峰，他们携带着最新的测量设备，肩负着国家使命，向世界最高峰珠穆朗玛峰发出新的挑战，复测珠穆朗玛峰高度。面对暴雪狂风，他们能否顺利问鼎珠穆朗玛峰，珠穆朗玛峰高程测量的数据又是如何获得？

超越极限——丈量珠峰纪实

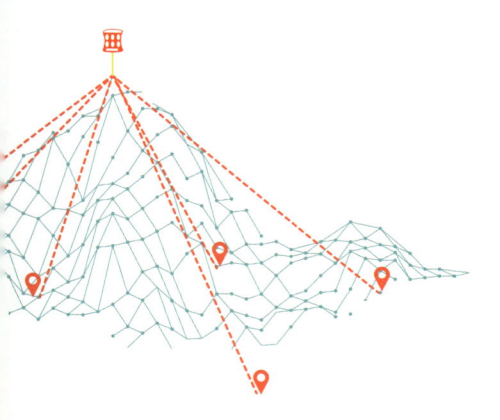

青藏高原的下马威

青藏高原，世界海拔最高的高原，这里大部分地区气候恶劣，贫瘠荒凉，人迹罕至。

然而，在 2005 年 4 月，高原深处突然变得热闹起来，一支由近 40 人组成的队伍，浩浩荡荡地开进了西藏地区。他们此行的目的，是对世界最高峰珠穆朗玛峰进行高程测量。

尽管这一年，全球卫星导航系统技术可以更精确测量珠穆朗玛峰高程，但全球卫星导航系统测量装备，仍然需要依靠人工带到峰顶，并操作仪器进行观测。

在历经长途跋涉后，这支珠穆朗玛峰测量队伍，终于到达了海拔 5200 米的珠穆朗玛峰大本营附近。

青藏高原

青藏高原是中国四大高原之一，也是世界上最高、最年轻的高原，有"世界屋脊""亚洲水塔"之称。青藏高原东西长约 2800 千米，南北宽 300～1500 千米，总面积约 250 万平方千米，中国境内包括西藏全部、青海省全部、四川省西部、甘肃省西南部、新疆南部山地和云南省部分地区，平均海拔在 4000 米以上，山岭海拔则超过 6000 米，是东亚、东南亚和南亚各大河流的源头所在。高原上冻土广布，植被多为天然草原；湖泊众多，高峰终年积雪，冰川占全国冰川总面积的 80% 以上。高原上光照和地热资源充足。共有国家级自然保护区 21 处。

很多操作仪器只能人工运送　　高寒地区牦牛是驮运物品的主力

青藏高原

正当大家松了一口气，准备安营扎寨时，一位队员抬头仰望，突然发现，头顶的珠穆朗玛峰被一片云海吞没了！

有经验的队员立刻意识到，这是暴风雪的预兆。如果不赶在下雪前完成建营，大自然的力量将击溃这支队伍。

测量队计划搭建 7 顶帆布帐篷，此时，狂风席卷而来，风力达到了九级，帆布帐篷的搭建愈加困难。先后赶来的测量队员分别从帐篷四周拽紧四个角，十几个人合力才将帐篷支撑起来。

夜色渐渐暗沉下来，测量队员们经过几个小时的努力，终于支起了 7 顶帆布帐篷，大本营搭建完毕。神秘的珠穆朗玛峰加上青藏高原独特的气候，给初到此地的队员们，来了一记下马威，让人们见识到了它的巨大威力。

尽管这一次，队员们拥有了比 1975 年测量珠穆朗玛峰时更先进的装备和技术，然而变幻莫测的大自然依旧难以攻克，这一次的珠穆朗玛峰复测，是否能够顺利完成呢？

珠峰被云海吞没

风力太大，帐篷搭建困难 　　十几个人合力搭起帐篷

青藏高原气候

青藏高原气候是指青藏高原大地形的独特气候——低压缺氧、寒冷干燥、太阳辐射强。主要特点是气温低、湿度小、云量少、日照丰富；海拔3000米以上无夏季，冬季约占全年一半，气温日较差较大；降水量自高原东南部向西北部递减。

超越极限——丈量珠峰纪实

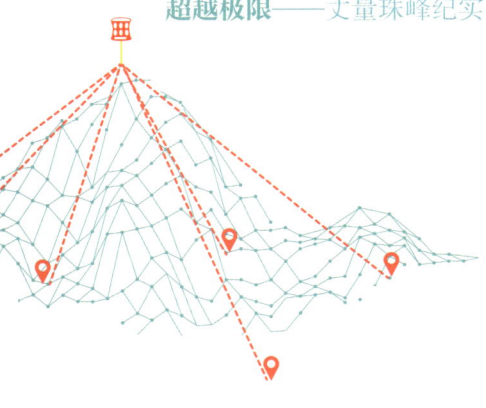

寻找西绒布交会点

根据最初的部署，测量队员集结大本营后，首先必须找到与珠穆朗玛峰峰顶进行联测用的6个交会点位置。

为了便于和1975年的数据相比较，这一次的珠穆朗玛峰复测，依然沿用1975年所使用过的交会测量点。然而，时隔30年，珠穆朗玛峰地区由于天气、环境等原因，交会点的面貌早已发生变化，想要找到30年前定下的那6个交会点，并不容易。

从4月13日开始，队员们兵分六路，开始了艰难的找点工作。

· 第五章 解密新高度（2005）·

　　张建华，典型的西北汉子，早在1998年，年仅28岁的张建华曾和队员到过海拔5900米的西绒布。时光荏苒，7年后，35岁的张建华作为有经验和技术过硬的队员，担任了交会组的组长，负责寻找最艰险的西绒布交会点。

　　在张建华的记忆中，前往西绒布交会点的路上，有一条不到1米宽的冰裂缝，一步就能跨过去。然而再次来到那里时，他却大吃了一惊。曾经的冰裂缝已经形成了一条宽十多米的冰河，而且深不见底，稍有不慎，就可能掉入其中，丧命于此。

珠峰

西绒布交会点示意图

队员们出发寻找交会点

队员们遭遇冰裂缝

绒布冰川

队员们在寻找交会点的路上

充满危险的道路

为了安全起见，张建华和队友们只能返回，重新寻找一条前往西绒布交会点的路线。

4月28日上午，晴空万里，珠穆朗玛峰俯瞰着群山，淡淡的薄雾萦绕在珠穆朗玛峰顶端，给人一种安宁祥和的感觉。这天，张建华将和两名藏族向导一起绕到北坡寻找西绒布交会点。

西绒布北坡，这是一条测绘队员以前从未走过的路，路线的坡度甚至达到了70°左右，每一步前行都惊险不已。洁白圣洁的冰川，像一朵带刺的玫瑰花，看似无害，但暗藏杀机。

因为这条路线谁也不熟悉，谁也不知道在这片厚厚的冰层下，哪里潜藏着冰裂缝；谁也说不清楚哪块滚落的石头，会引发突如其来的雪崩。

张建华带领队员们谨慎前行，经过 6 个多小时的艰难跋涉，终于在下午 2 点找到了西绒布交会点。

就在这时，天气突变，浓云密布，狂风大作，气温急剧下降，张建华意识到，一场暴风雪即将来临，必须赶紧撤回二本营，否则，他们极有可能会被困在这场暴风雪中，无法走出去。

超越极限——丈量珠峰纪实

· 第五章 解密新高度（2005）·

一旦觇标在峰顶成功竖立，就可以测量珠峰高程

冰裂缝十分危险

突如其来的暴风雪，让陡峭的北坡根本无法通行，队员们商量后决定，从1998年遇到冰裂缝的那条路返回。

狂风夹杂着暴风雪席卷而来，能见度不足5米，张建华的眼前是白茫茫的一片，连人影都看不清楚。张建华跟队友们只能互相不间断喊对方的名字，以此来判断方向和队员是否安全。

在暴风雪中摸索了好几个小时，队员们终于到达了1998年发现的冰裂缝处，他们惊喜地发现，正是由于暴风雪，导致气温降低，融化的冰壁已经重新凝固，不至于让人滑倒。队员们借助一根绳索，成功地跨越这条冰河。

这一次历险，测量队员们找到了西绒布交会点的准确位置，接下来几天，其他5个交会点也顺利找到，并确定了这些点位的海拔。

一旦测量觇标在峰顶成功竖立，测量人员将对准觇标，进行有关珠穆朗玛峰顶部的高程测量。

147

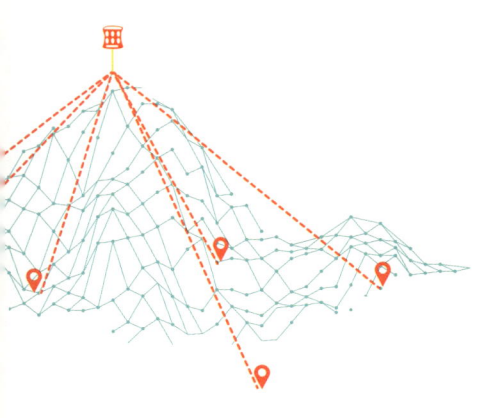

7500 米的重力测量

4月23日，6名登顶测绘队员从大本营出发，向顶部集结。这一次，他们不仅要将觇标竖立在峰顶，还有一项重要任务，就是将重力仪尽可能带到高海拔地区，并获得相对应的重力数据。

重力测量就是测定地球表面的重力加速度值，它的数据可以对珠穆朗玛峰高程测量结果进行有效修正，是精确获取珠穆朗玛峰高程测量成果的要素之一。

然而，由于珠穆朗玛峰地区平均海拔都在 5000 米以上，地形地貌极其复杂，绝大部分人员都无法到达。因此，在海拔 5000 米以上，存在大量的重力数据空白区，严重制约了珠穆朗玛峰海拔高程的精准度。

· 第五章 解密新高度（2005）·

重力仪能有效修正珠峰高程数据精准度

珠峰地区 5000 米以上地区重力数据大量空白

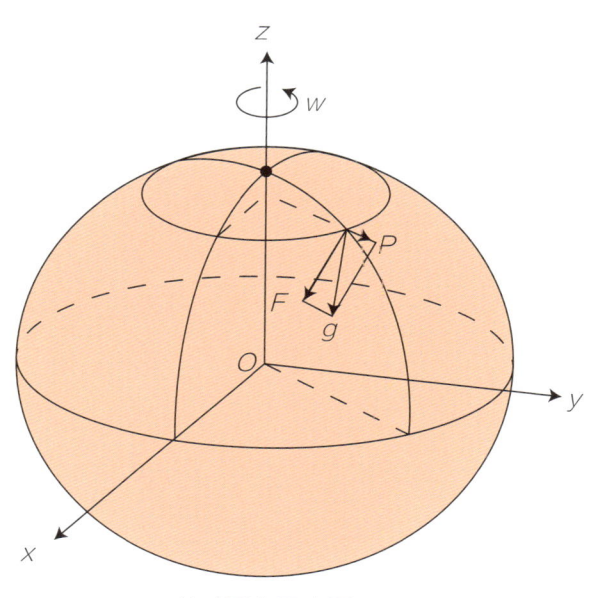

珠峰

地球重力示意图

重力测量

重力测量，即测定重力加速度值的工作。作用在地球表面任意质点的重力 G 是引力 F 和惯性离心力 P 的合力。由于日、月和地球周围的大气层质量对地球的引力变化以及地球内部物质运动，地球表面上各点的重力不是一个常数，数值变化在 978～983 伽之间。重力测量被广泛用于测绘、地质勘探、地球物理及空间科学技术等领域。

超越极限——丈量珠峰纪实

任秀波不仅是国测一大队选拔出来的峰顶测量冲刺人员，同时也肩负着高海拔地区的重力测量任务。

2005年4月27日，任秀波背负着重达十几千克的重力测量仪器，和其他队员一起从6300米的魔鬼营地出发，向海拔7790米行进。

这天的天气很好，远处的珠穆朗玛峰峰顶清晰可见。可让他们没想到的是，就在行进到海拔7500米时，天气突然变了，一场暴风雪来临。大本营命令他们赶快下撤。

因为重力仪的推进高度会直接影响珠穆朗玛峰高程测量的精准性，现在好不容易爬到7500米的位置，任秀波无论如何也不会放弃这次的测量机会。

为了尽快完成重力测量，他赶紧用冰镐（通过冰雪坡时不可缺少的用具，既可整修道路、辅助行进，又可用于保护自身安全）在60°的雪地上刨出一块小平台，架上重力仪开始观测，在肆虐的暴风雪中，他的每一个动作都变得非常困难。

此时，暴风雪越来越大，如果不及时下撤，可能会造成人员伤亡，情急之下，任秀波做出一个冒险的举动。

任秀波回忆说："拨这个轮拨得太慢，着急之下就把鸭绒手套摘了徒手操作这个仪器，确实快了很多，平时可能需要二三十分钟才能完成的，我大概用了十五六分钟就把整个测量工作做完了。做完以后，双手抱着仪器放进仪器箱时，感觉手好像没有知觉了。"

登山设备冰镐和氧气瓶

150

日照珠峰

冰镐

· 第五章 解密新高度（2005）·

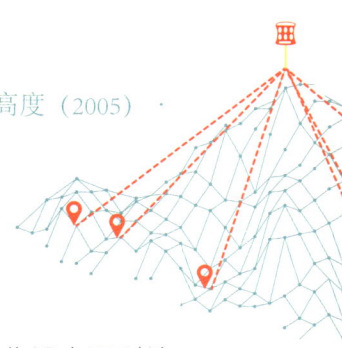

成功登顶

在珠穆朗玛峰极端恶劣的环境下，手脚冻伤没有及时治疗的话，可能带来截肢的严重后果。在下山途中，任秀波不停地用冰镐敲打自己的双手，促进血液循环。

金属制成的冰镐不断撞击着冻僵的皮肤，暴风雪中，任秀波感受不到痛，甚至听不到敲打的声音。幸运的是，这个举措最终让任秀波的双手恢复了知觉，并没有留下后遗症。

正是本着这样不畏艰难、勇于攀爬的精神，在 2005 年的那次复测中，任秀波和队友柏华岗将重力值推进到了海拔 7790 米的高度。

万事俱备，只差登顶。

5 月 5 日前，登峰的第一个窗口期，各点位的测量队员全部就位，登顶队员也到达海拔 8300 米的突击营地，等待登顶通知，突如其来的大风天气将原定计划打乱。大本营通知，所有登顶队员下撤至大本营，登顶时间待定。

任秀波和柏华岗合影

登山者

珠峰天气情况不容乐观

从突击营地俯瞰喜马拉雅山脉

· 第五章 解密新高度（2005）·

连续几日，珠穆朗玛峰地区的天气都不见好转，大风、暴雪时有发生。眼看着登顶时间越拖越晚，这样不仅对登顶队员的心理造成负担，而且一旦时间过了5月，将失去登顶最好的时机。最终，大本营将登顶时间定在了22日。

5月21日，24名登顶队员再次到达海拔8300米的突击营地，并在那里进行短暂的休息。

在海拔5200米的登山指挥部里，从21日下午开始，就不间断地和海拔8300米突击营地的登顶队员沟通实时的天气情况，传来的消息却并不乐观。从海拔8300米突击营地传来"风大，看不清路，没办法出发"的消息，让所有人焦虑万分：能顺利登顶吗？

直到5月22日凌晨3点半，8300米处的营地传来"风已经变小，道路可以辨清"的消息，这时的突击登顶队员也已经准备出发突击顶峰。

5月22日早上8点，大本营通过望远镜清楚地看到，登顶队员们正在缓慢向上挪动。8点40分，冲顶队员已经聚集在了"第二台阶"下。然而由于体力消耗巨大，冲顶队员的移动速度非常缓慢，整整1个小时之后，队员们才终于越过"第二台阶"。

队员们冒着风雪冲击第二台阶

冰雪皑皑的珠峰

· 第五章 解密新高度（2005）·

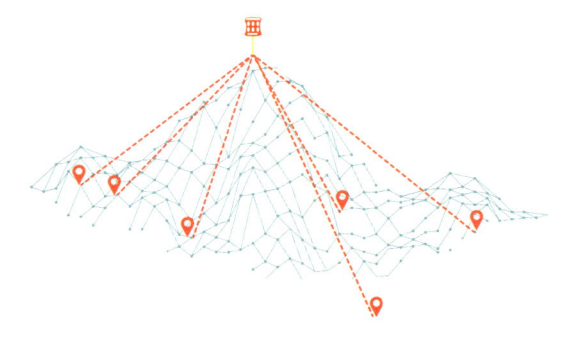

峰顶竖觇标

5月22日11时，大本营传来了登山队员成功登顶的消息。

登顶成功，只是第一步，紧张的测量任务这才开始。

在6个交会点处，测量队员们刚做完一组数据的监测，却突然发现竖立在峰顶的觇标意外不见了。发生了什么事？觇标倒了吗？

事后，测量队员了解到，峰顶人员发现觇标放置位置并不在珠穆朗玛峰的最高点，于是立即进行了位置调整，所以才出现了觇标突然消失的一幕。

上午11点08分，测量队员在峰顶启动峰顶雪深雷达探测仪，开始探测珠穆朗玛峰顶峰神秘的冰雪厚度。

珠峰测量6个交会点

雷达

雷达是指利用电磁波发现目标并测定其位置、速度和其他特征参数的电子信息装备。雷达工作原理：通过测定电磁波从雷达到目标，又经目标反射回雷达的传播时间来确定目标的距离；利用雷达天线的定向辐射和定向接收特性，测定目标的方位角和仰角，根据目标的距离和仰角计算目标的高度。通常，雷达能够测定目标的方位、距离、高度；有的甚至能测量目标的速度和运动轨迹，判断目标类型、数量等。

珠峰

队员在珠峰峰顶

· 第五章 解密新高度（2005）·

珠峰峰顶构成

这是中国首次用精密测量仪器在珠穆朗玛峰高程测量中尝试测量峰顶冰雪厚度。

因为珠穆朗玛峰最高处有一部分是千年冰层，上面又有雪层覆盖，这次测量，测绘人员想要弄清楚珠穆朗玛峰的岩石面高度到底是多少。

所以，从觇标竖立之后，6个交会点同时观测了两天，成功取得了比规定数量还要多的数据。至此，珠穆朗玛峰数据统计工作才算完成。

5月25日上午，在海拔5200米的珠穆朗玛峰大本营，藏族同胞们跳起了藏族舞蹈，与珠穆朗玛峰测量小组组长李维森带领的测量队队员们，共同庆祝珠穆朗玛峰登顶测量成功。

测量数据安全送抵西安，计算珠穆朗玛峰高程的重担落到了国家测绘地理信息局大地测量数据处理中心的团队肩上。

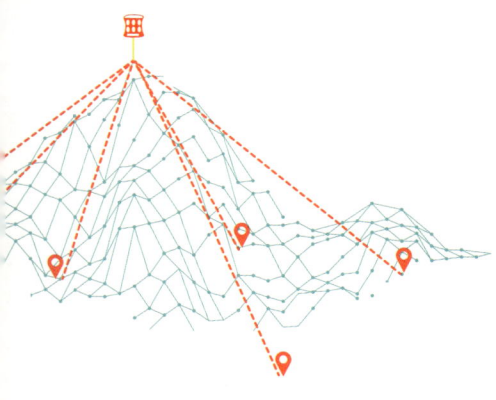

珠穆朗玛峰测量数据公布

经过多次论证,终于在 2005 年 10 月 9 日,国测数据中心对外公布了珠穆朗玛峰的测量数据:珠穆朗玛峰岩石面的海拔高程为 8844.43 米,冰雪深度为 3.5 米。

一块"2005 年珠穆朗玛峰高程测量纪念碑"竖立在了珠穆朗玛峰大本营西侧,它告诉全世界,中国人又一次站在了珠穆朗玛峰峰顶,并用全新的技术手段对珠穆朗玛峰进行了高程测量。

8844.43 米,这一数字,可以帮助科学家们更好了解包括珠穆朗玛峰在内的青藏高原对全球的气候、环境、生态等领域的影响,掌握发生在世界屋脊的各种变化。

珠穆朗玛峰,不仅是中国第一高峰,也是世界第一高峰。

1975 年,中国人利用传统的测量方法首次精确测定并公布珠

青藏高原雪山风光

队员借助绳索保护攀爬

勇攀高峰

珠峰新高程

穆朗玛峰高程。

2005年，中国人再次登顶珠穆朗玛峰，将全球卫星导航系统带到峰顶直接测量，并启动峰顶雪深探测雷达，精准探测到珠穆朗玛峰峰顶的冰雪厚度。

珠穆朗玛峰高度的复测，这不仅是中国科学技术水平和综合国力的体现，同时也是中国测绘技术的一次新尝试，展示一个大国的形象。

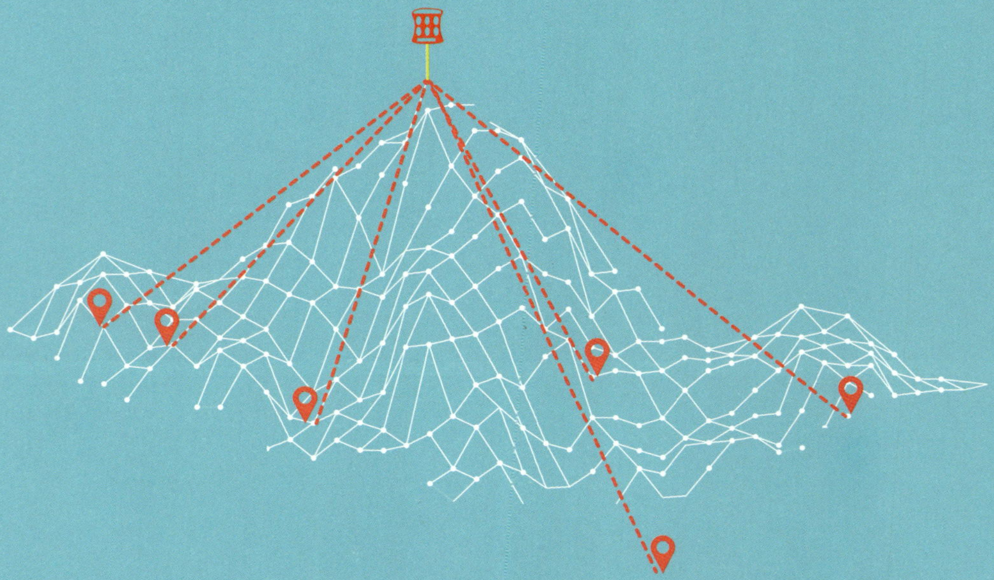

第六章 登峰前的准备（2020）

攀登地球之巅是很多人的梦想。登山者视之为战胜自我的荣耀；科学家们则把珠穆朗玛峰称作世界第三极，和南极点、北极点一样，是我们地球家园里重要的地理标志。

2020年4月，中国测绘工作者和登山运动员携手合作，将为世界第一高峰再测量一次"身高"。

登峰前有条不紊的准备工作

2020年4月28日，海拔5200米的珠穆朗玛峰大本营，距离珠穆朗玛峰登山时间窗口期打开仅剩两天，一辆货车的到来让大本营热闹了起来。

从3月一直在协调的登山氧气，今天终于运过来了。登山氧气是攀登测量珠穆朗玛峰必不可少的安全保障，但是，由于新型冠状病毒疫情，这些氧气运抵珠穆朗玛峰大费了一番周折。

这次珠穆朗玛峰高程测量登山队队长次洛介绍说：目前，氧气只有俄罗斯、英国在生产，俄罗斯的公司在尼泊尔加德满都，随着疫情加重，尼泊尔封国了，涉及氧气物资的出关、入关等问题，导致时间很紧张，大家都很着急。

在中国、尼泊尔两国相关部门的协调努力下，登山氧气及时到达了珠穆朗玛峰，为了不耽误接下来的测量攀登行动，登山氧气卸下货车后便被直接捆绑到牦牛背上，送往海拔6500米的前进营地。

珠峰大本营的帐篷城

中国西藏日喀则定日县珠峰大本营

牦牛

　　牦牛，哺乳纲牛科，反刍家畜。体矮身健，肉质佳，牛乳含脂率平均高达6%以上，适合用于制作酥油；牦牛的毛很长，可用来制作披衣、帐篷、绳索等，毛色多见黑、褐色。牦牛怕热、耐寒耐粗饲，在我国主要分布于青海、西藏及其邻近海拔3000米以上的高寒地区。因其蹄质坚实，善于在空气稀薄的高山峻岭间驮运货物，故又被人们称为"高原之舟"。

从喀拉帕塔尔斜坡看珠穆朗玛峰

在珠穆朗玛峰大本营有一座石碑，纪念的是中国人在2005年完成的一次珠穆朗玛峰测量，石碑上面铭刻着数字8844.43米。

不过，在这个数字诞生前，中国曾经5次测量珠穆朗玛峰。其中，1975年的登峰测量最为出名——1975年5月27日北京时间14点30分，中国一名女队员和8名男队员再次从北坡登上了顶峰。也正是依据这次测量获得的数据，中国第一次向世界宣布，珠穆朗玛峰的高度为8848.13米。

那么，1975年至2005年时隔仅有30年，为何珠穆朗玛峰高度会有将近4米的差距？珠穆朗玛峰为何变矮了？如今，中国测绘工作者和登山运动员们又为何要第7次来到珠穆朗玛峰，重新测量呢？

国测队队长李国鹏这样介绍：每一次珠穆朗玛峰高程测量都代表着这个时代最先进的测绘技术发展水平，无论是在装备上、技术手段上，还有获取珠穆朗玛峰珍贵资料上，都会有所创新和突破。

超越极限——丈量珠峰纪实

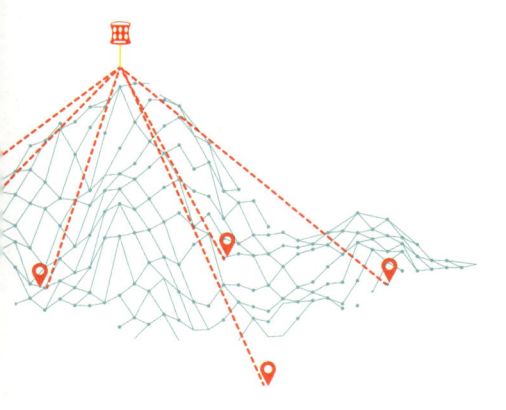

180多天徒步得来基础海拔数据

为了精准测量珠穆朗玛峰的最新高度，早在半年前，自然资源部就派出第一大地测量队来到了西藏。完成了一天的工作后，魏军辉和同事们回到了驻地。

与山上攀登珠穆朗玛峰的队员相比，魏军辉他们的任务也丝毫不轻松。他们一般沿着公路测量，每隔25米左右做一个标记，然后用仪器测量一下前后两点之间的高度差。说起来，魏军辉已经有6个月没有回家了，测量路途上的一家家小旅店就是他们临时的家。

魏军辉带领的测绘小组是4支水准测量小组中的一支。

所谓水准测量，测量的是地球表面的地貌地势相对于海平面的高度。在中国，测绘工作者们将山东青岛附近黄海海面多年平均高度作为测量的起点，也就是将其视为零海拔。那么通过水准测量得到地球上任何一点与平均海平面的高度差，就是我们经常说的地理名词"海拔"。

测绘队员徒步丈量从青岛到珠峰的距离

测绘队员在路上

测绘队员们要沿着公路一路测量到珠峰脚下

测绘队员用仪器测量前后两点之间的高度差

每隔 25 米左右做一个标记

队员们沿途做标记

水准测量

水准测量也称"几何水准测量",是测定地面点高程的基本方法。在地面两点间安置水准仪,利用仪器的水平视线观测竖立在两点上的水准标尺,按尺上读数推算两点间的高差。从水准原点或任一已知高程点出发,根据测定的高差沿选定的水准路线逐点推算高程。

超越极限——丈量珠峰纪实

青岛附近黄海海面作为零海拔

测绘队员们翻山越岭

科学家在青岛建了一个验潮站，通过17.6年（潮汐变化的一个周期）综合计算后得出一个平均值，即平均海平面，以此来作为海拔高的起算面。

魏军辉和同事们的水准测量，需要在测绘线路上往返两次才能完成，不仅如此，他们还要攀爬高山一路测量到国家测绘水准基准点上才行，以便对比修正测量获得的数据。

近半年时间里，魏军辉和同事们翻山越岭徒步1800千米，从日喀则水准基准点出发，一步步将水准数据引导到珠穆朗玛峰脚下。在那里，6个测量交会组将以他们的测量为基础，采用传统的大地三角测量法进行最后的珠穆朗玛峰峰顶测量。

位于珠穆朗玛峰脚下中绒布冰川里的中绒测量点，离珠穆朗玛峰峰顶大约只有11千米，是6个交会测量点中的一个。6个交会点，其中最远的也不过18千米，到真正测量时，峰顶还会竖起便于观测定点的觇标，以便更好确定珠穆朗玛峰最高点、减少误差。

验潮站

验潮站也称"潮位站""海洋站",是指系统记录潮位逐日变化过程的观测站。为了解某一海区潮汐的涨落情况和性质,在海岸边选定地点,按一定标准设置自记验潮仪或人工水尺来记录、读取潮位变化,进而了解该海区潮汐变化规律,可供进一步研究海水温度、盐度、潮汐预报、潮汐分析、海平面变化等使用。

架设测绘设备

仪器测绘

测绘的路上

测绘三角点

传统测量法与现代卫星测量技术结合

测量队员李峰和宋兆斌已经来到这里住了两天了。他们在寒风中勉强对付一口热水、早饭，开始了一天的工作。他们需要在登顶测量开始前，确定好仪器架设地点，并测量出与其他5个交会测量点的距离和海拔差，以便随时可以展开对珠穆朗玛峰峰顶的观测。

交会测量使用的传统大地三角测量法是测量珠穆朗玛峰最基础的手段。它首先在一个已知的测量点上通过观测未知点的距离和高度角，进而可以求出两点间高差。那么，如果在多个已知的交会测量点同时观测珠穆朗玛峰峰顶，就可以测量计算出珠穆朗玛峰峰顶的三维空间坐标。

之所以说大地三角测量传统，是因为这种方法的起源十分古老。18世纪初，中国人绘制《康熙皇舆全览图》和19世纪中叶英国人第一次测量珠穆朗玛峰时使用的都是大地三角测量法。

不过，虽然方法相同，但是，测量仪器的精度今非昔比。今天，李峰和宋兆斌所用的这台仪器是通过发射一道激光来完成测距和测角的。为了修正大气折射对激光的影响，测量的同时他们还会记录气温和气压的变化。

高原气压表

测量仪器

测绘队员在寒风中加热食物

测绘队员临时住所

测绘队员们在测绘设备附近

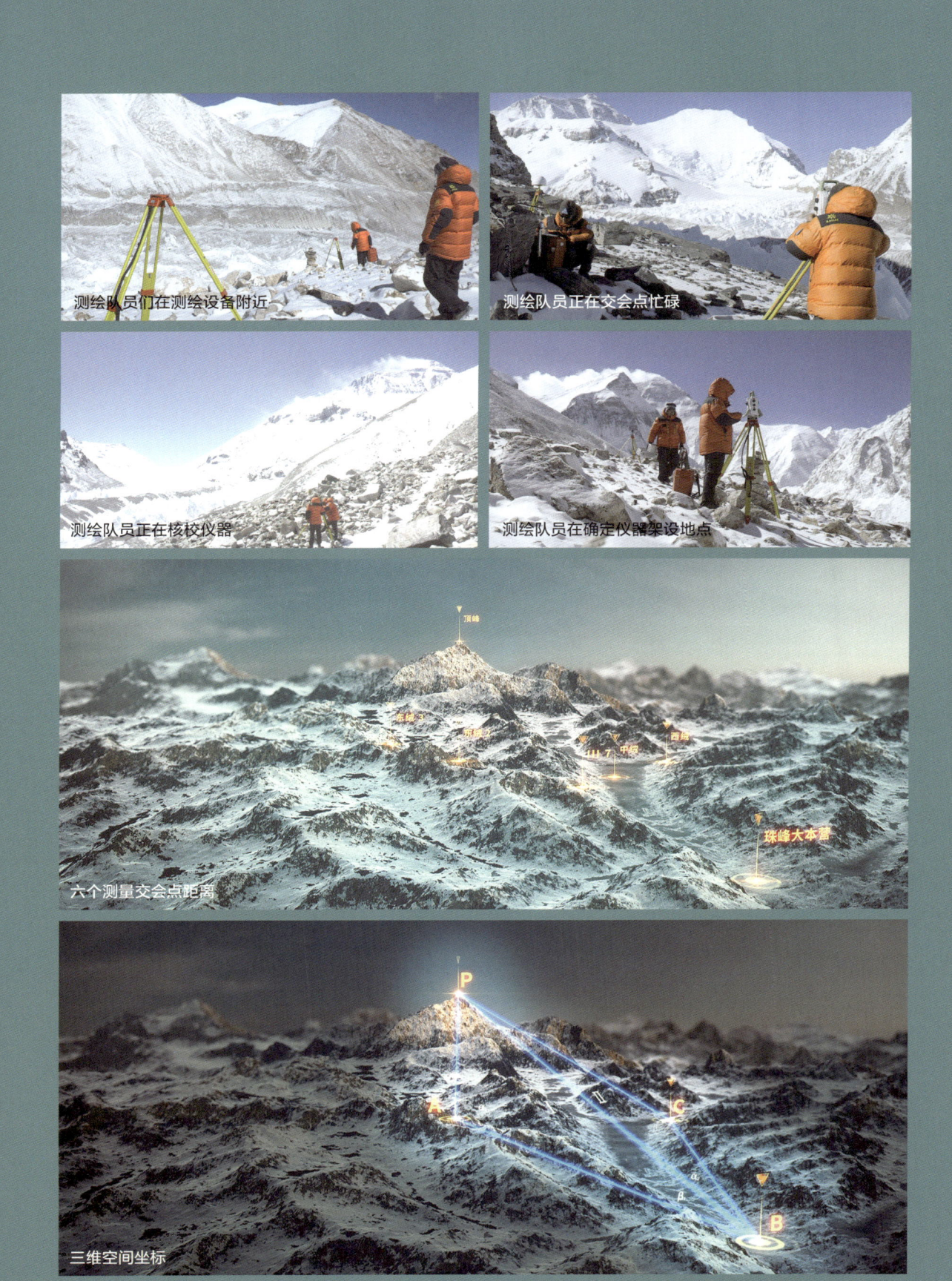

测绘队员正在交会点忙碌

测绘队员正在核校仪器

测绘队员在确定仪器架设地点

六个测量交会点距离

三维空间坐标

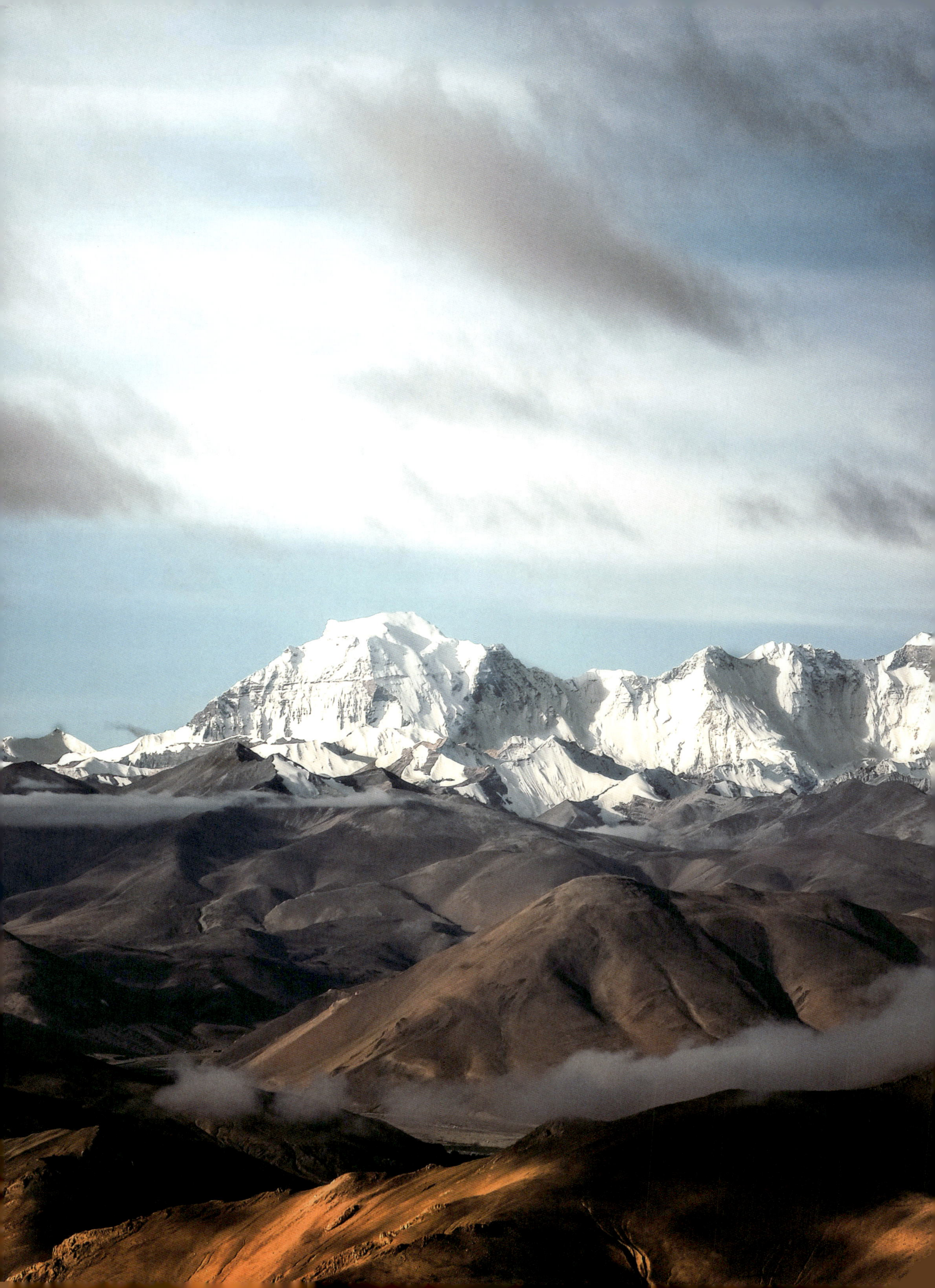

珠穆朗玛峰

卫星定位解算非常轻松

这个半球体是北斗卫星的信号接收器

测绘队员正在竖觇标

· 第六章 登峰前的准备（2020）·

当然，如今测量珠穆朗玛峰，除了传统大地三角测量法，现代最新科技自然也必不可少。

这个半球型仪器是中国最新的北斗卫星定位系统的信号接收器，只要在一个测量点上开机接收北斗卫星数据，经过解算就可以得知测量点的位置和高度。不但简单，而且十分精确。

既然已经有了如此先进的测量设备，为什么还要使用传统方法测量珠穆朗玛峰呢？

测绘专家这样解释：因为珠穆朗玛峰高地测量，不像在平地测量那样，不能保证设备到了山上一定正常，测错了重新再测一次又不太现实，实现起来很难。而传统大地测量的优势就是，只要把觇标放上去，就一定能拿到数据。

当然，卫星定位技术的优势非常显著，在解算时候会很轻松，所以测绘专家们就将卫星定位测的结果和传统大地测量的技术两者结合起来，这样测量时就会更加心中有数。

北斗卫星导航系统

北斗卫星导航系统简称"北斗系统"，英文简称BDS，是中国自主研制的全球卫星导航定位系统。可以为用户提供全天候、全天时、高精度的定位、导航和授时服务，是联合国卫星导航委员会认定的卫星导航核心供应商之一。已在运行的北斗二号系统免费向亚太地区提供服务，2020年前后，完成35颗卫星发射组网，为全球用户提供服务。

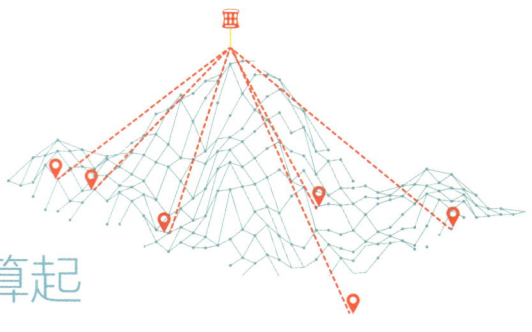

珠穆朗玛峰高度从哪里算起

除了传统大地三角测量法和现代的卫星定位系统外，测绘工作者们在 2020 年的珠穆朗玛峰高程测量活动中还应用了一种仪器——重力仪。这种仪器解决了测量珠穆朗玛峰高度从哪里起算的问题。

简单来说，就是之前的测量设备只能测量出两个点之间的重力差，但得不到重力加速度。

这台仪器的工作原理，源自数百年前著名物理学家伽利略做过的自由落体实验，通过这种方式能测量出重力加速度值，它能直观反映地球引力的大小。测量几乎在完全真空状态下进行，可有效减弱空气阻力等外部环境的干扰，故可直接获得当地重力加速度，测绘学称之为绝对重力值。

测量小组以它的数值为参照，校对了几台在野外使用的便携式相对重力仪器，开始了他们的重力测量任务。

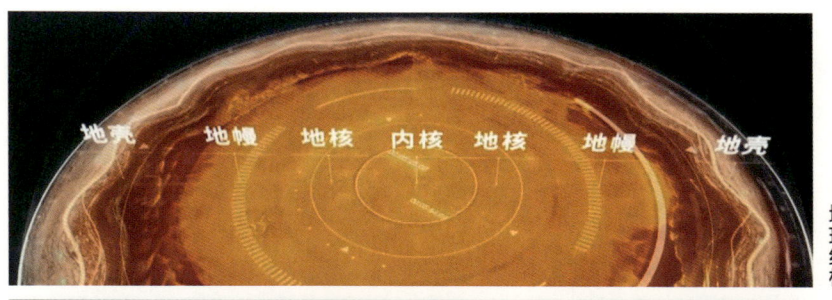

地球结构

地球不同地方重力加速度值有所不同

第六章 登峰前的准备（2020）

重力仪

重力仪是指测定地球上某一点绝对重力或两点重力差的仪器。把测定两点重力差的称"相对重力仪"，把直接测定地面某点重力值的称"绝对重力仪"。原理就是用精密仪器来测量自由落体或对称自由运动过程中的移动距离和时间间隔，来确定地面点的绝对重力值。

珠峰

重力仪

水往低处流

· 第六章 登峰前的准备（2020）·

我们知道，因为地球引力，人类才可以脚踏实地地生活在地球上，但由于地球表面的高低起伏和内部物质分布不均造成的质量差异，导致地球表面各处的引力大小和方向并不相同。

我们在日常生活中虽然感受不到这种差别，但看一看河水的流动就可以明白，地球引力在地球表面是怎样的一种存在。

毫无疑问，能让河水从高处流向低处的力，就是地球引力。换句话说，越到高处，地球引力越小；越到低处，地球引力越大。那么，被称为地球之巅的珠穆朗玛峰峰顶就应该是地球表面引力最小的地方。

只是至今，在珠穆朗玛峰测量史上，还没有人将重力测量仪器背上过峰顶。

因为在此之前，中国的海拔起算高度都是来自黄海多年测得的平均海平面。在测绘专家看来，这个稳定不变、绝对静止的平均海平面向大陆延伸，就会形成一个虽然地表高低不同、但地球引力相同的大地水准面。它就是测量珠穆朗玛峰的起算面。

而重力测量就是为了确定大地水准面在珠穆朗玛峰地区的准确地表形状。用这种方式，测绘专家们就不用从青岛那边一步步地推测出大地水准面，可以直接求重力等位面，保证跟青岛的黄海平均海平面是等位的就行了。

地球是个不规则球体

珠峰峰顶是地球表面引力最小的地方

181

超越极限——丈量珠峰纪实

这项技术也跟卫星定位一样，是新技术，它的精度应该是更高的。

每一次珠穆朗玛峰高程测量的背后都会有一个庞大的数据库。

在这一次珠穆朗玛峰高程测量任务完成后，外围测量出来的数据将与登峰测量出的数据一起传回陕西测绘地理信息局第四测绘工程院。

在那里，负责数据计算的工作人员会结合以往的测绘资料，演算最新数据，通过精确化珠穆朗玛峰地区大地水准面模型，从而得到更为精确的珠穆朗玛峰高程数据。

通过10多年的发展，中国在测绘基准体系建设上已经非常成熟和完善。考虑到珠穆朗玛峰环境恶劣，测绘学家精心编制了此次测量的实施方案，既运用传统大地三角测量法以便让任务完成更有把握，也会运用现代测绘技术来确保测量的精确。

在这次珠穆朗玛峰高程测量任务中，北斗全球卫星定位系统、雪深雷达、重力仪等中国国产设备担当了主力，这些技术和仪器也代表了当今测绘领域的最高水平。

不过，想要获得准确的珠穆朗玛峰高程数据，终究需要有人将它们送到珠穆朗玛峰峰顶上去。

雪深雷达

北斗全球卫星定位系统

西藏珠峰

重力仪

测量仪和通风干湿温度表

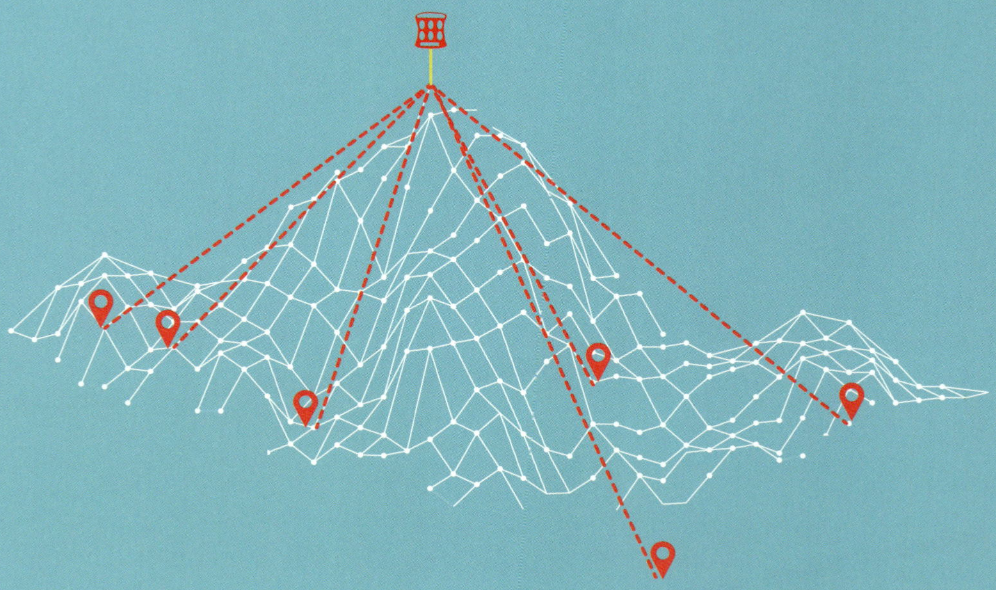

第七章

登峰先遣大队
（2020）

2020年4月最后的一天，珠穆朗玛峰高程外围测量任务基本结束，备受关注的登峰测量正式揭开了帷幕。

世界第一峰矗立在那里，等待登山队的不仅有缺氧、高寒、大冰裂，还有很多不确定因素和危险。而且，由于2020年新冠肺炎疫情的影响，队员们的训练与适应时间被大大压缩了，由国测一大队和国家登山队共同组成的测量登山队能否在5月顺利完成登顶测量？

沿着冰川前行的攀登者

· 第七章 登峰先遣大队（2020）·

大本营出发——5200 米

在世界登山史上，首次登顶珠穆朗玛峰的人是新西兰登山家埃德蒙·希拉里和尼泊尔向导丹增·诺尔盖。1953 年 5 月 29 日，他们共同完成了人类历史上的第一次珠穆朗玛峰攀登，从此宣告珠穆朗玛不再是人类不可涉足的生命禁区。

据不完全统计，至今世界上已有将近 4500 人完成过珠穆朗玛峰攀登。尤其是近些年来，随着天气预报准确率的提高和后勤保障力量的强大，攀登珠穆朗玛峰已经不再是登山家和探险家的专属运动，很多登山爱好者也在珠穆朗玛峰峰顶留下了脚印。

但这并不意味攀登珠穆朗玛峰真的成为一项轻松而安全的运动。

世界第一的海拔不但意味着高寒缺氧，还有造成雪盲的强烈阳光和随时可能出现的冰川裂缝。200 多具登山者的遗骸至今还长眠在珠穆朗玛峰，即便是有高原精灵之称的牦牛都有可能会在这条攀登路上丢掉性命。

登山过程中还会有很多不确定性，如登山者的身体状态、气候因素，甚至整个团队的情况等，所以每一次登峰，都是一个未知数。

首次登顶珠峰者

1953　埃德蒙·希拉里　丹增·诺尔盖

超越极限——丈量珠峰纪实

这次珠穆朗玛峰测量的攀登主力来自国家登山队和西藏登山学校，每个人都有登顶珠穆朗玛峰经历，多人甚至达到了10余次。为了确保测量的准确，自然资源部第一大地测绘队还专门选拔出10名测绘专家和测绘队员加入了登山队中。

2020年5月6日，来自世界上多家气象机构的消息显示，未来几天珠穆朗玛峰地区天气良好，十分适合攀登。2020中国珠穆朗玛峰测量登山队开始向顶峰进发。

在珠穆朗玛峰登山史上，各国登山运动员总共开创出19条登山路线。1960年，王富洲、贡布、屈银华3名登山运动员代表中国首次登上珠穆朗玛峰峰顶，开辟了如今登山和科学工作者最为熟悉的北坡传统登山线路。这次2020测量登山队攀登的仍是北坡传统路线。

沿着北坡传统登山线进行攀登，一般分为前进和冲顶两个阶段。

登山者从大本营出发后，沿着绒布河谷一直向上，由于路途遥远，他们一般会在海拔5800米的过渡营地休息一晚，这里的地形相对平坦开阔，风力较小，也比较安全。而后在第二天穿越布满冰缝的东绒布冰川，最终抵达第一阶段的终点，位于海拔6500米的前进营地。

攀登主力来自国家登山队和西藏登山学校

·第七章 登峰先遣大队（2020）·

珠峰

各国登山运动员共开创出 19 条登山路线

超越极限——丈量珠峰纪实

冰峰林立的冰川区域

驮运物质的牦牛

前进营地

登山队沿着绒布冰川前行

绒布冰川

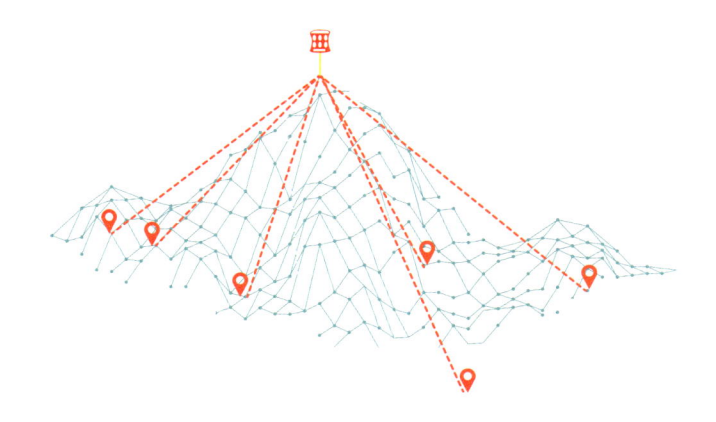

魔鬼营地适应性训练——6500米

在珠穆朗玛峰，最好的登山季节是每年的5月。这时，氧气含量更少、气温更低的冬季刚刚过去，而温暖潮湿的雨季还没有到来，无论是对于穿越冰川运送给养的牦牛队，还是向上攀爬的登山队来说，5月，都是全年中最安全的登峰时段。

6500米前进营地，位于珠穆朗玛峰东北侧的一条山谷中，这里是东绒布冰川的前端。由于北坳冰壁的阻挡，空气流通不畅，加之6500米的超高海拔，即便是有丰富经验的登山者和高山向导初到此处也会有高山反应，人们习惯上称之为"魔鬼营地"。

魔鬼营地是运送物资的牦牛队可以抵达的最后一个营地，也是登山者冲击峰顶前最重要的补给基地。如果能适应魔鬼营地的环境，就为登顶打下一个良好的基础，他们可以在这里进行适应性训练和休整，等待继续向上攀登的时机和指令。

测绘队员们虽然没有经过系统的体能训练，但是因为经常在野外测绘，耐力和体能还是有一定基础的。

超越极限——丈量珠峰纪实

每年 5 月是攀登珠峰最好的季节

队员们休整的帐篷　　珠峰

　　在登山队员的带领下，测绘队员们从最简单的体育动作开始训练，再做一些简单的体能耐力训练，然后慢慢加量减量，如此不断反复，以提高队员们的体能。

　　测绘队员 8 个人组成一个整体，一点点地往上爬，有的队员体能差一些，哪怕明知道自己最终可能上不了山顶，也是尽可能地往上爬，就是为了往上多送一点氧气，为团队多作一点贡献。

　　除了让队员尽快适应高海拔环境外，登山教练还同时给大家做攀爬技术和结绳训练，教给大家怎么借助绳索攀爬，以及如何找到和保持自己的节奏慢慢往上爬。

不过，即便大家身体素质都不错，也有高原工作经验，但是在魔鬼营地，高山反应依然没有放过他们。只有尽快克服四肢乏力、头脑昏沉的状态，队员们才有可能继续向上攀登，最终完成测量任务。

有经验的登山队员们用冰川水煮熟各种半成品食物，为保证生命能量，哪怕严重的高山反应令人毫无胃口，大家也必须强忍着灌下热汤、奶茶，吞下说不清味道的饭菜。

因为再向高处攀登，到了最后冲顶阶段，体力消耗达到极限，哪怕多带一颗纽扣，对身体来说都是沉重的负担，到时，登山测量队员只能携带够维持3天左右的少量干果、饼干和饮料等方便食品，靠它们充饥。

队员们在风雪中休息

队员们在风雪中训练

队员正在做结绳训练

队员强忍难受灌下热汤

超越极限——丈量珠峰纪实

北坳冰壁被称为第一天险（7028米）

遭遇流雪，登峰受阻——6800米

2020年5月8日，一夜风雪过后，在6500米前进营地休整的登山队员们终于等来了指令，开始向峰顶攀登。

珠穆朗玛峰北坡传统登山线路约23.7千米。从5200米大本营出发沿绒布冰川向上攀登，途径5800米过渡营地，6500米前进营地后，继续向上就是第一次攀登时拦住测量登山队的北坳冰壁。

修路组和运输组是测量登山队中最先出发的队员，是攀登队伍里的先锋，是能否顺利完成测量任务的关键。一大早，先遣队朝着7028米"第一天险"北坳冲刺。然而，他们刚刚离开营地不久，就被迫停了下来。

珠穆朗玛峰的整个攀登过程中有三大难关，第一个就是北坳的冰壁这一块，珠穆朗玛峰登顶第一个突击营地就建在北坳冰壁上，平均坡度45°左右，有些地方还横切出现冰裂缝，雪下大了后，冰裂缝处就很容易发生流雪。

先遣队刚攀登到6800米处，天空就开始降雪，而且雪势越来越大，工夫不大，路线上的雪量就已经到队员们腰部位置。如果再进一步往前走的话，流雪随着破坏面积增大，随时可能发生雪崩。

北坳冰壁平均坡度45°左右

冰壁横切冰裂缝的地方很容易发生流雪

先遣队要将氧气送上北坳

先遣队要将氧气送上北坳

超越极限——丈量珠峰纪实

雪崩对登山者杀伤力极大。登山界有这样一句话"雪后三天不行军",主要是因为在珠穆朗玛峰地区空气湿度比较小,所以下的这些雪就比较干,雪层就很不稳定,人一走上去就很容易发生流雪。

于是,登山队决定等一等,等过了三天结冰后再行军。好在虽然比预计的时间稍稍推迟了几天,但是不影响大局。

正如登山队队长次洛所说:这次有三个任务,第一确保安全,第二成功登顶,第三完成顶峰测量任务。

涉及队员安全肯定要缓一缓,虽然心里面确实有一些遗憾,但好在距离5月的最后一天还有23天,有经验的登山家们似乎并没有担心。

果然,4天后,前方担负打通登山线路的修路组,就将防护绳索铺设到8600米,峰顶已经近在咫尺。

在流雪中攀登十分危险

因为流雪,队员滞留在北坳冰壁

雪崩

雪崩

雪崩也叫作"雪塌方"或"雪流沙",指积雪顺着沟槽或山坡下滑,引起雪体崩塌的现象,往往具有发生突然、速度快和崩塌量大的特点,是高寒地区出现的一种严重的自然灾害。

造成雪崩的主要原因是山坡积雪太厚,也跟山坡形态有关。通常,山坡坡度在30°~45°很容易发生雪崩,小于20°则难以形成雪崩。

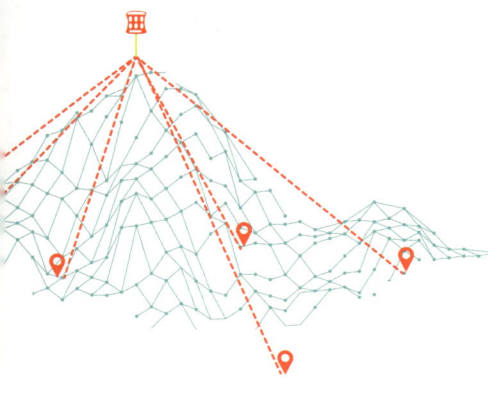

真正的挑战才刚开始——7028 米

海拔 7028 米，在登山者们看来，从这里开始往上，攀登珠穆朗玛峰真正的难度才正式来临。如果能够顺利穿越大风口，登山者会在海拔 7790 米左右的地方扎营休息一晚，然后继续向上突击。

"大风口"就是登山队们常说 7028 米到 7790 米这一块。这个风口位于珠穆朗玛峰北壁和章子峰之间的山脊上，特殊地形导致特殊气流，即便天气晴朗也可能瞬间刮起十二级大风。

大风刮过来时，人没有任何可以躲避的地方，对体能消耗极大，而且人也很容易被冻伤。气象单位难以预报，只能靠登山者的经

· 第七章 登峰先遣大队（2020）·

验现场判断能否继续向上攀登。

　　顺利达到 7790 米高度后，队员们会在这里休整一番，再继续往上攀登。海拔 8300 米冲刺营地，是珠穆朗玛峰登顶最后一个营地，很多登山者抵达这里时体力已经消耗殆尽。但是在这个营地，登山者们的休息时间最少，为了预留出登顶后的下撤时间，他们需要凌晨 2 点钟起床开始最后的攀登。

无畏的攀登者

大风口（7790 米）

大风中攀登极耗队员体力

队员们在 7790 米处短暂休整

199

队员们在山脊上小心攀爬着　　队员紧紧抓住攀登绳往上爬

第三台阶非常陡峭　　越到峰顶越是陡峭

8300米往上，还有一个第二台阶；在快到顶峰时，还有一个延伸出来的横切处，也就是第三台阶，攀登起来都是比较困难的。

虽然危险重重，但中国登山者们毕竟在北坡传统线路攀登了60年，经验丰富。测量登山队事先制定了一个职责分工明确的攀登计划——拿整支队伍来说，登山队相当于先遣队，任务十分艰巨，主要工作除了建营，还分为指挥组、后勤组、修路组和运输组等；当然最后还会在所有队员里挑选出相对经验比较丰富、体能状态

比较好、技术相对比较成熟的队员，与测量大队的成员一起去攻顶。

因天公不作美，第一次珠穆朗玛峰冲顶被迫暂停。后来大本营反馈的预报说，下一个好天气将连续 4 天。

休整中的测量队员们并没有放松，他们借机继续进行紧张的仪器操作训练。

测量登山队将要携带觇标、重力仪、雪地雷达和北斗卫星定位仪登上珠穆朗玛峰。

为了确保测量成功，测绘队员必须要掌握登山技巧，专业登山队员也要学会操作测绘仪器，而且越快越好。只有这样才能缩短队员们在珠穆朗玛峰峰顶的停留时间，将登顶测量的危险降到最低。

珠峰

队员们赶往交会测量点

年轻队员正在学习

加了摇把后能有效避免队员手指冻伤

队员任秀波

张伟琪因手指冻伤错失登峰机会

交会测量小组时刻准备着

任秀波，参加2020登峰行动时已经40岁。他曾参加过2005年的珠穆朗玛峰攀登测量活动。这天，他和几名队员一起前往交会测量中的Ⅲ7测量点，他急切地想把自己15年前的经验传授给年轻队员。

2005年，任秀波在珠穆朗玛峰7790米营地采集了当时世界上海拔位置最高的重力数值，也就是在那次测量中，他发现重力仪在操作设计上有一个缺陷。当时，重力仪上的拨轮只能通过手指来回搓推捻。

这次，测绘队员和仪器厂商对重力仪进行了研发改进，放大了测程轴距，这样就能比较快速地调测程；另外还给它加了个摇把，这就能避免队员操作过程中被冻伤，便于他们在高海拔地区更好观测。

珠穆朗玛峰高寒缺氧，冻伤是最常见的身体伤害。身体末端，如脚趾头、手指头，长时间暴露在低温缺氧的情况下，会造成血流慢或血液流通不畅。直接结果就是从表皮层到真皮层再到软组织，会慢慢被冻伤。

冻伤发生时人大都没有痛感，只会感觉有些麻木，但救治不及时就可能造成终身损伤。

测量登山队里年龄最小的队员张伟琪，就在穿越大风口的攀登过程中不小心冻伤了手指。尽管发现及时，张伟琪的冻伤没有伤及软骨组织和肌肉，但他还是遗憾地失去了登顶的机会。

而眼看还有十几天就到5月底了，登山队员们能否成功登顶、顺利完成任务呢？

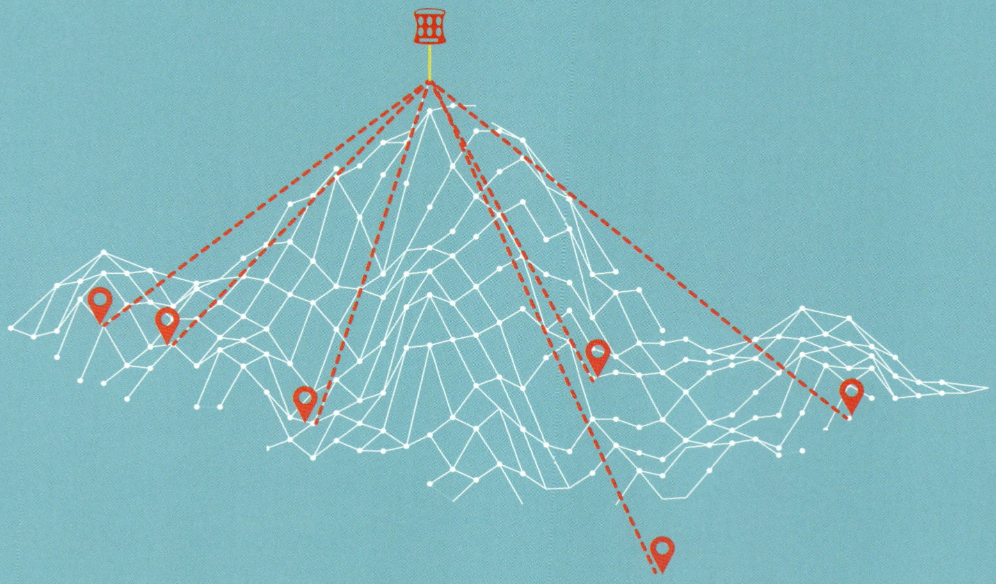

第八章
新高度新征程
（2020）

1960 年，中国登山者第一次登顶珠穆朗玛峰。

1975 年，中国第一次向全世界公布珠穆朗玛峰高度为 8848.13 米。

2005 年，中国重新测量并更新了珠穆朗玛峰高度：8844.43 米。

2020 年，中国科学家发起珠穆朗玛峰高程再测定，几百人半年多的准备，面对珠穆朗玛峰恶劣的气候挑战，距离最佳测量时机只剩不到 20 天，测高任务的队员们能否完成严峻挑战、顺利完成任务呢？

交会测量先得确定交会测量点 　　　　　　　　　　　　　　　　　　　　　　　　　　6 个点位交会测量数据更精准

再次出征

5月19日，离月底只剩12天，测量登山队终于再一次接到出征的指令。12名担负登顶测量任务的队员从6500米前进营地出发，沿着修路组冒雪铺设加固好的绳索向峰顶攀登。

天气晴朗，偶尔有乌云飘过，撒落一点雪花，这在珠穆朗玛峰十分正常。后勤给养充足，队员状态良好，一切似乎都很顺利。这次，他们能否成功登顶呢？

与此同时，交会测量组也分别到达6个预定观测点。山下的测绘队员们估算着登山队可能登顶的时间，早早调试好设备，等待登顶的消息。一旦峰顶竖立起觇标，他们就可以迅速展开交会测量，获得珠穆朗玛峰的高度数据。

交会测量是利用三角学和几何学原理测绘地貌地势的一种大地测量法。测量队员事先在珠穆朗玛峰脚下确定6个交会测量点，以珠穆朗玛峰峰顶为目标进行观测。他们使用测距和测角仪器测量出各个测量点与峰顶之间的距离和角度，然后经过几何运算就可以得知珠穆朗玛峰的高度。

如果6个交会点同时测量，还能够测量计算出珠穆朗玛峰峰顶的三维空间坐标，并且相互补充和修正各交会点测量出的珠穆朗玛峰高度数据，确保数据的完整和准确。

珠穆朗玛峰

三维空间坐标能补充修正珠峰高度数据

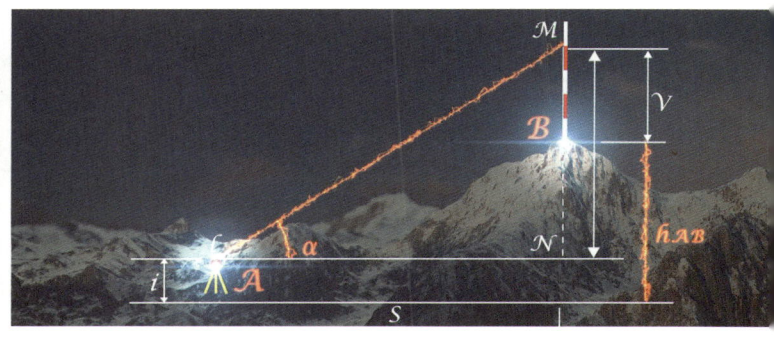

通过测距和测角就能得出珠峰高度

超越极限——丈量珠峰纪实

珠峰遭遇暴风雪

一场强降雪覆盖珠峰地区

修路组正在艰难铺路

次仁桑珠在通信帐篷等前方消息

修路组报告遭遇流雪

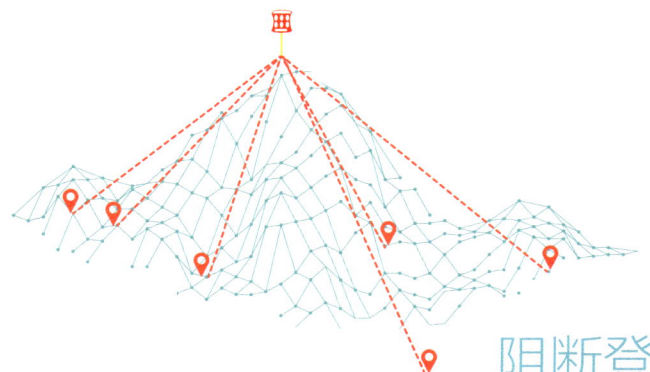

阻断登山路的罕见大雪

然而，一场5月少见的强降雪覆盖了整个珠穆朗玛峰地区。

这天，担任组织协调工作的测量登山队副队长次仁桑珠提心吊胆等待一晚后，早早来到通信帐篷等待前方的消息。修路组和他视频连线，发回了他最不想看到的画面。在8000多米出现一段大横切，有点流雪的迹象，想要过去非常难，只能想办法重新修一下路。

突击登顶修路组试图打通积雪山脊，但是发现困难重重。挡住测量登山队的这条山脊，如刀削一般的陡峭；这时又刮起了大风，山上都被云遮挡，能见度非常低，几乎什么都看不见。

修路队尝试从石头上走过去，发现走了不到100米就过不去了，特别危险。整个过程对体能消耗特别大。尽管修路队员们经验丰富，且对路线熟悉，也不得不打起十二分精神小心翼翼地一步步试探。

毕竟在8000米的位置下都是悬崖，悬崖底下很多都是碎石头，如果直接滑下去的话，就是要命的事情。

珠峰旗云

这次的天气变化，也让队员们心里犯嘀咕：整条山脊位于海拔8000米高处，四周没有遮挡，还时常刮起大风，但在珠穆朗玛峰攀登史上，还从来没有人在这里遇到过积雪。

这次连续下了一个晚上的降雪，而且降雪量非常大，很多登山的老前辈听到这种信息的时候就很惊讶。

原本只需要再爬3个多小时就可以到达8300米，但因为大降雪，突击队员们不得不往下撤。

修路组是测量登山队里的先锋，没有他们提前铺设好的防护绳索，背负测绘仪器的登山队员更不可能顺利抵达峰顶测量。

队员们在风雪中休息整顿

队员们正在下撤

回撤的队伍

    登山过程接连受挫，整个登山指挥决策的压力非常大，因为一旦错过好的登峰窗口期，情况会非常不妙。事实上，早在第二次冲顶之前，印度洋上形成的安攀气旋就开始向珠穆朗玛峰移动。人们的心情像浓云一样沉重，紧张情绪随风雪蔓延：这场风暴到底什么时候过去，谁都不好说。

    从 7790 米下撤后滞留在 6500 米前进营地的登顶测量队员们心有不甘，等待多久是未知，继续下撤又意味着可能再也没有机会完成此次测量任务了。

211

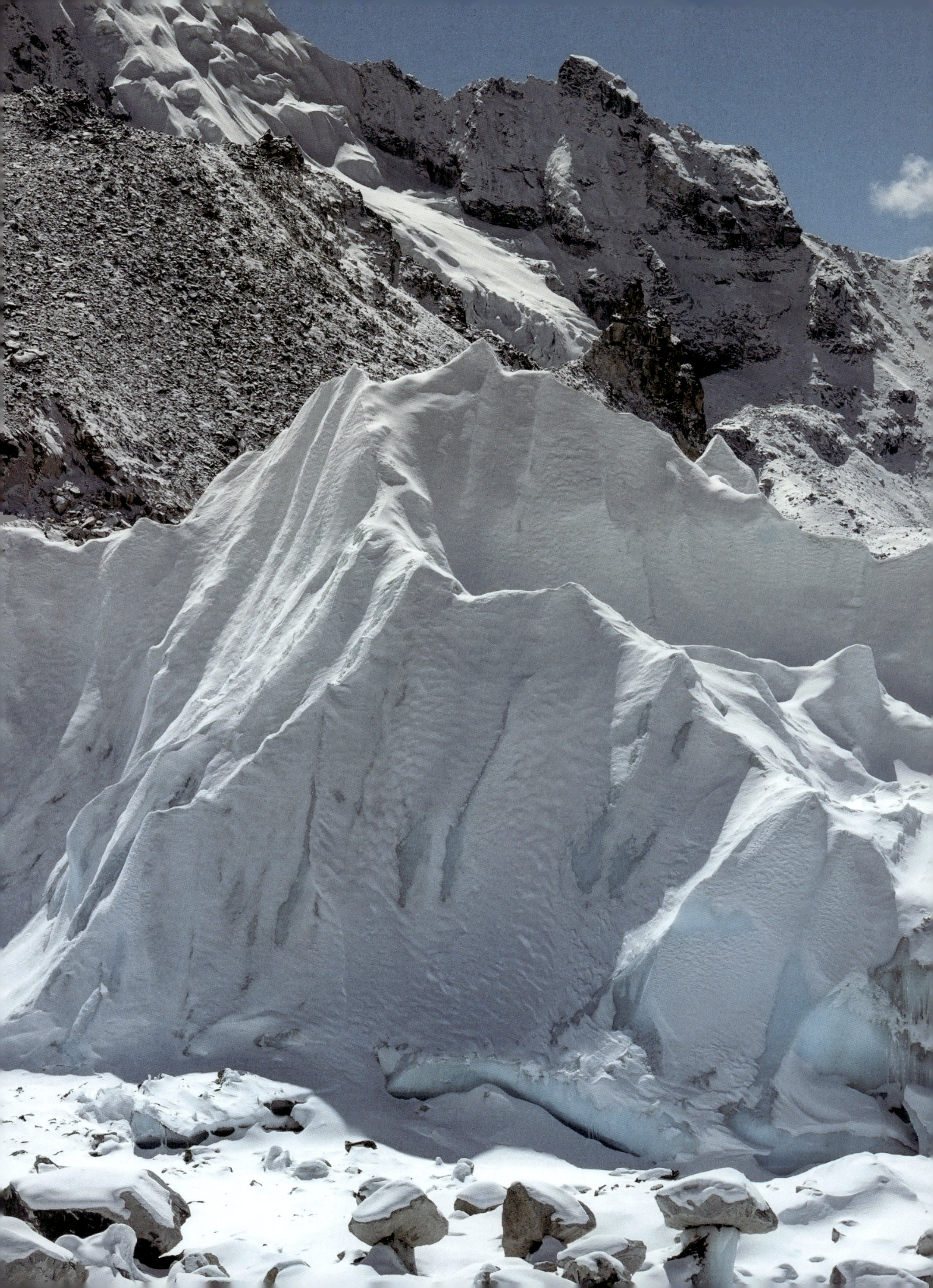

珠峰北坡绒布冰川

超越极限——丈量珠峰纪实

艰难的决定

万年冰雪塑造出的绒布冰川就像一条蓝色的玉带环绕着珠穆朗玛峰，这是珠穆朗玛女神的馈赠，更是天地造化、世间瑰宝。它沿着河谷向下缓慢移动，用自己的融水滋养着珠穆朗玛峰地区的生灵。

只是，这样的消融速度一旦加快，绝非好事。

2006 年，世界冰川平均厚度减少了 1.5 米。联合国环境规划署发表声明：全世界冰川融化速度已经加快，主要原因正是全球气候变暖。中国科学家在研究绒布冰川时发现，冰芯中竟然有从南亚大陆飘来的工业污染物。

环境污染和全球气候变暖危害着美丽的绒布冰川，也会让天气变化出现剧烈的波动。

自 5 月初开始，2020 年珠穆朗玛峰高程测量活动就已经成为国内外关注的焦点。

冰川消融速度加快，绝非好事　　**科学家在冰芯中发现工业污染物**

冰川消融

冰川消融是指冰川失去冰雪物质的一切过程，包括冰雪融化形成的径流、冰川表面水分蒸发、雪冰升华、冰川边缘崩解、风吹雪和雪崩等。冰川是地球重要淡水资源，消融过快会给一些地区带来淡水危机甚至引发争水冲突。

冰川正在消融

214

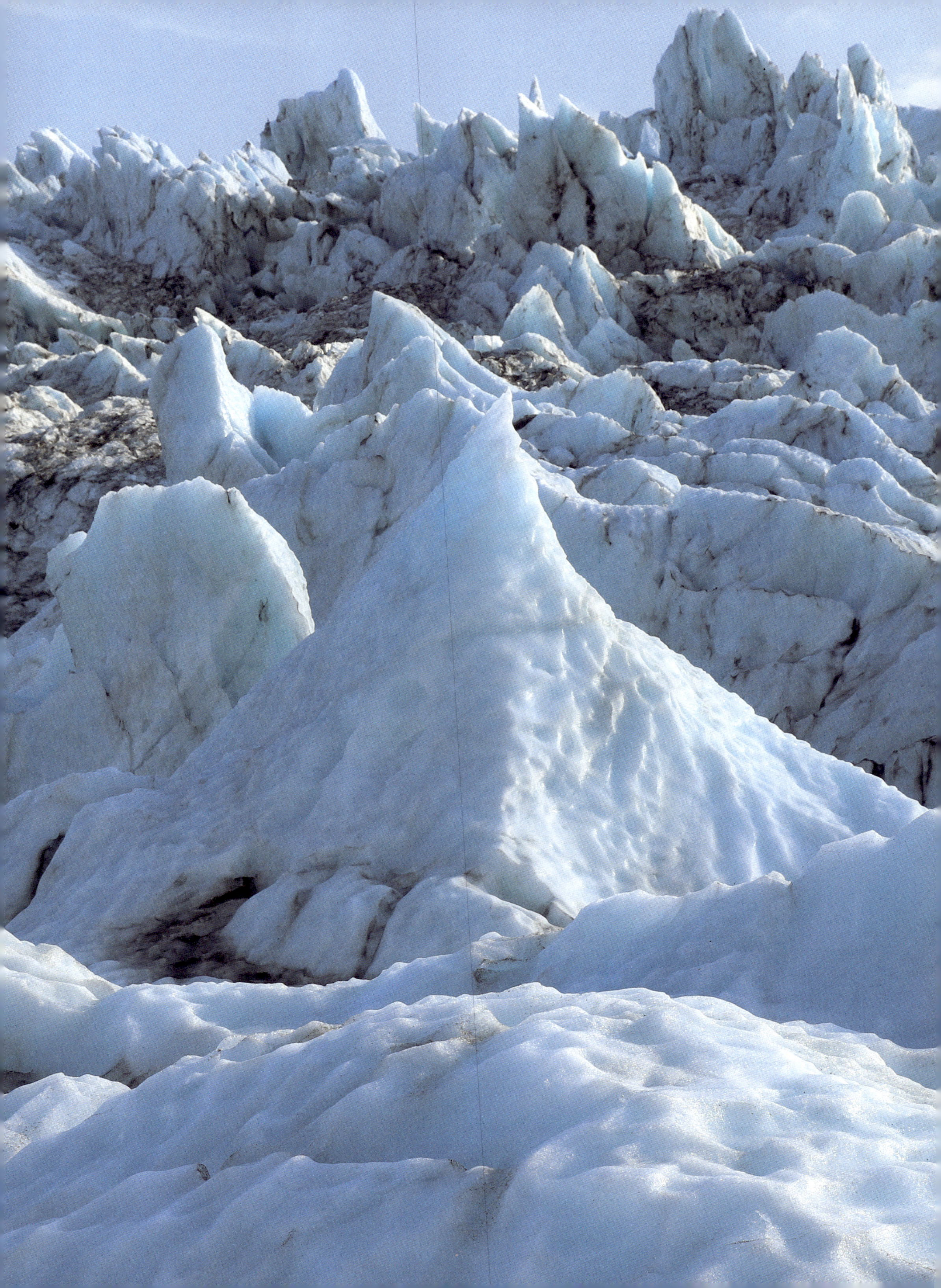

消融中的冰川

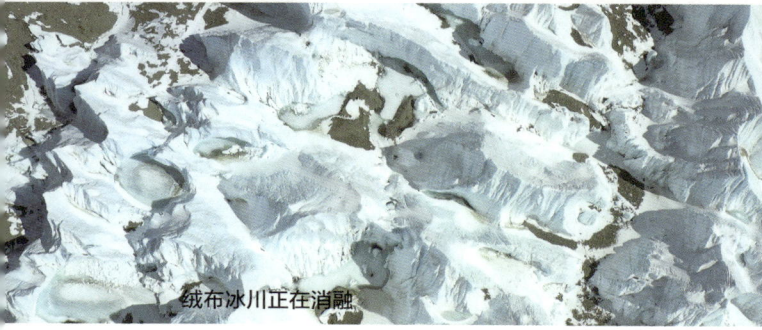

绒布冰川正在消融

夏日下冰川正在消融

· 第八章 新高度新征程（2020）·

此次测量活动筹备将近一年，担负测量任务的自然资源部第一大地测量队早在半年前就以国家高等级测绘网为基础，在珠穆朗玛峰外围地区建立了珠穆朗玛峰高程测量控制网。

最终，将近200人会聚到珠穆朗玛峰脚下执行最后的登顶测量任务，至此已经过去50多天，撤离还是继续坚守？测量登山指挥者面临抉择。

其实在第二次冲顶失败后，在6500米处的所有队员们就做了一次交流，大家一致认为：第三次机会如果再没抓住的话，可能这次任务就没办法完成了。如果是这样，对大家都将是一个无法弥补的遗憾。

2020年5月下旬，距离珠穆朗玛峰登山季结束剩下不到10天时间，随着夏季临近，绒布冰川已经开始融化，给养运输线随时可能被冰川融水阻断；并且随着空气湿度增高，降雪次数很可能越来越多，降雪量也会越来越大。

高程控制网

高程测量控制网

简称"高程控制网"，又称"水准网"，是由多条水准路线构成带有结点的测量控制网，是大地控制网的一种。根据由整体到局部的逐级控制原则布设，首先用高精度的一等、二等水准网构成骨干，然后用三等、四等水准路线加密。

超越极限——丈量珠峰纪实

获得珠穆朗玛峰局部地区相对准确的天气预报，已经成为决策测量登山队下一步行动的关键。

第二次放弃登顶后，日喀则市气象局在珠穆朗玛峰大本营设立了一个临时气象站，专门研究珠穆朗玛峰的局部气候。

而登山科考队最为关心的，一个是大风，还有一个是降雪量。

5月24日，距离珠穆朗玛峰攀登季结束仅仅只剩一个星期，安攀气旋依旧盘旋在珠穆朗玛峰上空，降雪时断时续。从珠穆朗玛峰的EC（欧洲气象中心数值预报产品）模式来看，从明天凌晨开始，底层的风速是在减小。

虽然气候情况不容乐观，但测量登山队仍艰难做出决定：无论如何，用最后一点时间，也要再一次努力登顶。修路组和运输组首先离开了海拔6500米前进营地，再次向北坳冰壁进发。

热带气旋安攀

热带气旋安攀是2020年北印度洋气旋季首个被命名的风暴，于2020年5月20日18时30分许，在印度西孟加拉邦沿海登陆，登陆时中心最大风力高达14级（42米/秒）。热带气旋是地球上最强烈的自然灾害之一，生成于热带海洋，是具有气旋性环流的暖心低压涡旋。涡旋气流自外向内加强，往往会在气旋内部产生狂风、暴雨和巨浪。

工作人员正在报告天气情况

气象卫星观测到的热带气旋 3D 图解

临时气象站的气象仪器

大本营设立临时气象站

超越极限——丈量珠峰纪实

从 7790 米俯视群山

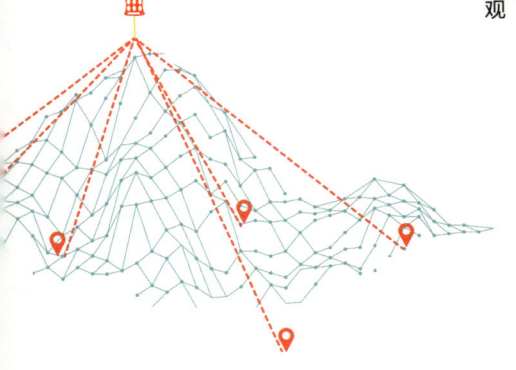

珠峰天气仍不容乐观

突击修路组顺利登顶

自1960年第一次登顶珠穆朗玛峰之后,中国已经先后6次对珠穆朗玛峰进行过测量,其中有两次向世界发布数据,为世人所熟知:

1975年中国第一次测量珠穆朗玛峰高度,就将测绘觇标带上峰顶。这是世界上首次在珠穆朗玛峰峰顶竖立觇标,获得著名的8848.13米珠穆朗玛峰高程数据。

2005年,中国首次开创性地将卫星定位设备和雪深雷达带上珠穆朗玛峰,测量出世界上第一个以峰顶岩层面为测量点的珠穆朗玛峰高程8844.43米。

这一数字直到今天还刻在珠穆朗玛峰脚下的纪念碑上,它会再一次成为历史吗?

220

· 第八章 新高度新征程（2020）·

登山队员们再出发

坚毅的步伐

九级大风中的模糊背影

登山队员在九级大风中继续攀登

时间紧迫，测量登山队要从 6500 米出发，用三天的时间，不管遇到多么恶劣的天气，都要扛过去，才能争取到 27 日或 28 日登顶的好天气。如果在下面遇到大风大雪就放弃的话，那就永远也到不了顶峰了。

气象预报虽然预测气旋正在离开珠穆朗玛峰，但是无论在海拔 6500 米前进营地，还是在珠穆朗玛峰大本营，都丝毫感觉不到天气的好转，雪反而越下越大，队员们的安危令人担忧不已。

第二天，测量登山队到达大约海拔 7200 米的时候，就开始刮起风来，刚开始风比较小，最后变成了九级到十级的大风，正常情况下遇到这样的大风，大家都会停下来。但是这次，登山队商量之后向指挥部汇报，一致决定继续向上攀登。

狂风中的珠峰

狂风中支起帐篷

正在做饭的队员

· 第八章 新高度新征程（2020）·

好不容易，测量登山队员抵达了 7790 米营地，狂风中他们用了整整 3 个小时才支起御寒的帐篷，就连经验丰富的高山摄影师也已经无法保持画面的稳定。

队员们轻松地聚在一起商量接下来的路程，准备吃点东西好好休整一下，不过这并不意味着危险已经过去。登山队长次洛命令：所有队员今晚不允许脱掉高山靴，不允许脱掉连体羽绒服。

次洛这样解释，虽然帐篷外帐有固定的绳子，牵拉绳牢牢地钉在石头上，但大风还是有可能会把帐篷杆吹断的。如果外帐撕裂开，内帐没有任何保护，而 7790 米营地又是搭建在山脊上，那么，我们随时可能会被吹到东绒布冰川或中绒布冰川里去。

幸运的是，情况还没有那么危险，安然度过。为了抢出最后的攀登测量时间，修路组采取了超常规的跨营行动，他们放弃了 7028 米和 8300 米两个营地的补充休整，奇迹般只用 2 天时间就完成了原本 4 天才能完成的修路任务。

5 月 26 日，下午 4 点，6500 米营地收到登山队修路组传回的激动人心的消息：修路组的所有人已经到达山顶，攀登绳索也已经铺设到了顶峰。

两天时间内，登山队员仅仅在 7900 米营地稍微躺了一下，除此之外几乎没有任何休息，就是为了抢到 5 月的最后登峰窗口期。

7790 米营地整起的帐篷

从帐篷里探出队员的身影

超越极限——丈量珠峰纪实

队员们正在突击冲顶

冲顶的危险道路

队员们沿绳索攀登

队员们沿梯子往上爬

队员紧抓攀登绳索

队员踩着中国梯向上攀爬

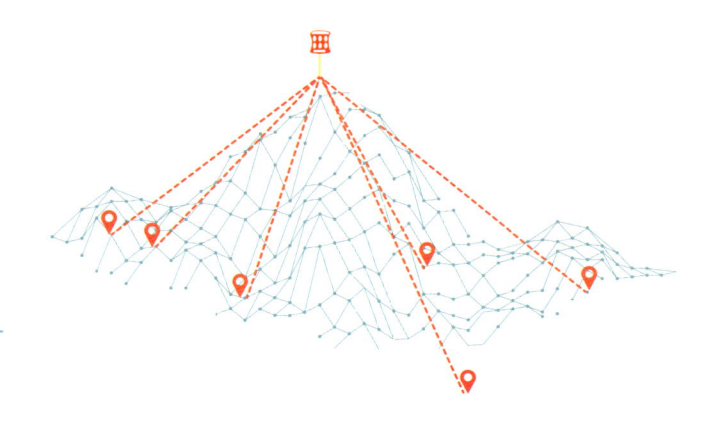

珠穆朗玛峰新高程——
8848.86 米（2020）

2020 年 5 月 27 日凌晨 2 点，珠穆朗玛峰测量队员从 8300 米营地出发冲顶。空中雪片飞舞依然。2020 年珠穆朗玛峰高程测量进入最关键的时刻！

根据登山测量队出发的时间计算，队员们应该在早上 9 点登上珠穆朗玛峰峰顶，然而天空早已放亮，大本营却迟迟等不到前方的消息，时间一点一点过去，珠穆朗玛峰大本营上空依然云雾漫漫。

所有人内心都特别着急，因为正常情况下 6 个半到 7 个小时是能够到顶峰的。但是队员们的体能消耗比预想的大，所以用的时间也更多。

测量登山队员们虽然进行过专门的体能训练，但是，自从他们来到珠穆朗玛峰就被频繁的降雪所困扰，1 个多月的超高海拔生活，加之两次冲顶未果，体力早就近乎透支，他们每迈出一步都要耗费比平原地区百倍千倍的力气。

一路行来，队员们最直观的感受就是，缺氧、喘气、喘气、缺氧……

大本营上空的云层渐渐散去，高倍望远镜、超长焦摄像镜头一起瞄准封顶，隐约中看到几个红点，没错，正是测量登山队员，一个、两个、三个……一共八人，太棒了，终于上去了！

超越极限——丈量珠峰纪实

2020年5月27日11点，国家登山队次洛队长带领的2020年珠穆朗玛峰高程测量登山队终于登上了珠穆朗玛峰。更为幸运的是，就在队员们开始架设仪器测量的一刻，天空豁然开朗。这意味着，各项测量数据的传输和获取都有了保障。

在地球之巅，8名中国测绘登山队员分工明确，相互配合，竖立起觇标；第一次使用登顶珠穆朗玛峰的中国北斗卫星信号接收器完成了全球卫星定位系统测量；组装起雪深雷达，完成了雪深测量；使用专门针对珠穆朗玛峰极端环境改装的重力仪完成了重力测量，获取了世界上第一个珠穆朗玛峰峰顶的重力数值。

他们在珠穆朗玛峰峰顶停留了150分钟，创造了中国人在缺氧的世界之巅停留的新纪录。

此后近半年时间，中国和尼泊尔两国专家汇总所有测量数据，经过迄今最为全面精确的科学运算，得出2020年珠穆朗玛峰最新高程——8848.86米。

1975年5月27日，中国科学家第一次登顶测量珠穆朗玛峰；2020年的5月27日，他们又一次完成了新的测量任务。

时间过去了整整45年，在这45年里，珠穆朗玛峰的高程数据越测越准，人们对珠穆朗玛峰的了解越来越多，不变的是人类认识和探索大自然的坚韧与勇气。

队员们正在架设觇标

珠峰高程纪念碑

2020
珠穆朗玛峰高程测量纪念碑
MONUMENT TO THE ELEVATION SURVEY OF MT QOMOLANGMA
海拔
Altitude
8848.86
米
M

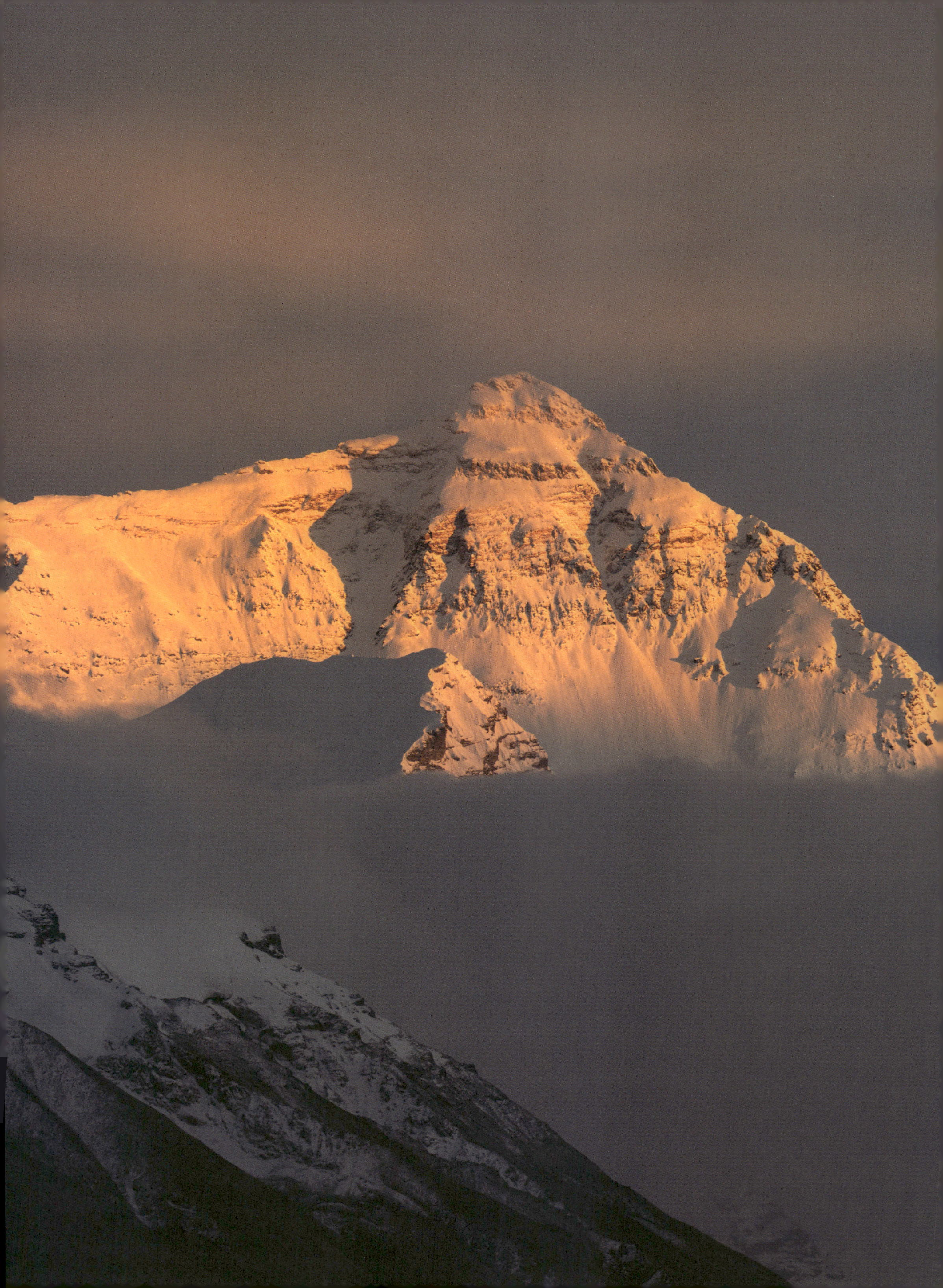

中国测量珠峰时间线

珠穆朗玛峰是中国和尼泊尔的一个界峰，中国有责任也有义务对全世界发布珠穆朗玛峰最科学的高度。

中华人民共和国成立后，中国登山人和测绘专家们多次成功登顶珠穆朗玛峰，并向世界发布珠穆朗玛峰高程精准数据。

1960年，中国人实现了人类首次从北坡登顶珠穆朗玛峰的壮举。

1975年5月，中国第一次向世界宣布珠穆朗玛峰的精确高度——8848.13米。

中国测绘工作者分别于1966年、1968年、1975年、1992年、1998年、2005年、2020年对珠峰进行了7次大规模的测绘和科考工作。

1966年，国家测绘总局在珠峰地区建立了高质量的测量控制网，并开展了三角、水准、天文、重力、物理测距等基础工作。

1968年，国家测绘总局进行珠峰测量，将水准点测到高度6120米，将天文点测到6350米，将三角点布测到高度6640米，测算出珠峰雪面海拔高程为8850.32米。

1975年，国家测绘总局与总参测绘局共同对珠峰进行了测量，将天文点测到高度6336米，将重力点测到高度7050米，最后测定珠峰峰顶海拔高程为8848.13米（覆雪深度0.92米）。

1992年，中国测量队与意大利登山队合作，采用了GPS技术及二等水准测量技术，测算出珠峰雪面海拔高程为8846.37米。

1998 年，中国测量队与美国登山队合作，开展了平面控制测量、水准测量、天文重力测量、GPS 联测。因美国登山队登顶失败未能进行觇标交会。

2005 年，中国专业测绘人员和专业登山人员首次合作，将重力值推进到高度 7790 米，精确测得珠峰峰顶岩石面海拔为 8844.43 米（覆雪深度 3.50 米）。

2020 年，中国测绘工作者和专业登山人员再次携手，实现在珠峰峰顶第一次使用中国北斗卫星信号系统完成全球卫星定位系统测量；获取了世界上第一个珠穆朗玛峰峰顶的重力数值；精确测得珠穆朗玛峰最新高程 8848.86 米。